異世界ゆるり紀行 16

子育てしながら冒険者します

Minazuki Shizuru
水無月静琉

登場人物
CHARACTER
フィート
タクミの契約獣となった飛天虎。小型にもなれる。
マイル
タクミの契約獣となったフォレストラット。
タクミ・カヤノ
異世界に風神の眷属として転生した本作の主人公。アレンとエレナの保護者。
アレン
水神の子で、妹・エレナとともにタクミに保護された少年。格闘術が得意。
ラジアン
タクミの契約獣となったグリフォン。

ボルト
タクミの契約獣となった
サンダーホーク。
エレナ
水神の子で、タクミに
保護された少女。
格闘術が得意。
ジュール
タクミの契約獣となった
フェンリル。小型にもなれる。
ベクトル
タクミの契約獣となった
スカーレットキングレオ。
小型にもなれる。

第一章　海で遊ぼう。

僕は茅野《かやの》巧《たくみ》。元日本人。

何故、元かと言うと、エーテルディアという世界の神様の一人、風神シルフィリール――シルが起こしたうっかり事故で一度死んでしまったからだ。そして、責任を感じたシルが、僕を自分の眷《けん》属《ぞく》としてエーテルディアに転生させてくれた。

そうしてやって来たエーテルディアでは、水神様の子供――アレンとエレナを見つけたり、王様や貴族などの偉い人と知り合いになったりと、普通ではありえない生活をしている。

とは言っても、冒険者という職で、自分の弟妹として育てることにしたアレンとエレナと一緒に好きに旅をしたりしながら、気ままに過ごしている。つい先日までだって、迷宮に行って冒険の日々を楽しんでいた。

そんなこんなで、あっという間にこの世界に来てから丸二年。三年目に突入した。

《タクミー？　聞こえるかー？》

「あ、カイザーか？」
「「カイザー！」」
『灼熱《しゃくねつ》の迷宮』の攻略を終了させてギスタの街で休息していると、僕と仮契約しているリヴァイアサンのカイザーからの【念話】が届いた。
僕の呟《つぶや》きでカイザーからの連絡が来たとわかり、アレンとエレナはわくわくした様子を見せる。
《カイザー、聞こえているよ。もしかして、合流できそう？》
カイザーは先日、【人化】のスキルを使用して僕達のところまで会いに来たのだが、人化していられる時間の都合で、一度住処《すみか》である海に戻っていたのだ。
《うむ。とりあえずの用事は済んだのでな、是非とも合流したい》
《そうか、わかった。だけど、僕達は今、街の宿屋なんだよね～。ここに召喚《しょうかん》したら……光ったりするのかな？》
《あ～……どうであろう？》
影から契約獣を出すのとは違い、召喚すると光を発生させそうな予感が何となくするのだ。
「……さて、どうするかな？」
「「うみ、いくー！」」
「ん？　海に行くの？」
「「うん、いきたい！　あとね、ラジアンにもみせたいの！」」

「なるほど」

どうしたものか考えていると、アレンとエレナが海に行きたいと言い出した。

久しぶりに自分達も海で遊びたいが、最近契約して家族となったばかりの子グリフォンのラジアンに海を見せてあげたいようだ。

《カイザー、明日の午前中まで待てる？　朝には街を出るから、それから合流でもいいかい？》

《うむ、そのくらいなら待てるぞ。準備して待っておるので、声を掛けてくれ》

《うん。じゃあ、明日ね》

というわけで、翌朝、僕達はギスタの街を出ると、フェンリルのジュールと飛天虎《ひてんこ》のフィートの背に乗り、サンダーホークのボルト、スカーレットキンググレオのベクトル、フォレストラットのマイル、そしてラジアンと共に、海に向かって真っ直ぐ南下することにした。

そして、人目がないところまで行くと、カイザーに声を掛け、召喚を試みた。

「おぉ～、タクミ、成功だな」

無事に人型のカイザーを呼び出すことができたのだが――

「……昨日、街の中でやってみなくて正解だったな」

《結構派手に光ったね～》

ジュールの言う通り、かなり光った。しかも明るい昼間でもわかるくらいだから、夕方の宿の部屋とかで試していたら……きっと酷《ひど》いことになっただろう。

「今、それがわかって良かったよ〜」

これから海に行く予定だったので、海に行ってからカイザーと合流しようかと思ったが、召喚がどんな風にされるのか知りたくて試しに実行してみたのだ。本当にやってみて良かったよ。

「子らよ、約束通りしっかりと土産《みやげ》を用意しておいたぞ」

「「ドラゴン!?」」

「えっ!?」

「うむ、残念ながら、中位のウォータードラゴンでなく、下位のブルードラゴンだがな。昨日、調達したばかりなので、鮮度は問題ないと思うぞ」

僕が絶句していると、カイザーはどこからかブルードラゴンの死骸《しがい》を取り出した。

十数メートルから二十メートルくらいありそうな、青い鱗《うろこ》のヘビ型のドラゴンだ。ん〜、前に倒したイビルバイパーと同等か少し大きいくらいかな?

「「《《《《《わぁ〜〜〜》》》》》」」

それにしても……下位であってもドラゴンなのだ。本当にお土産としてドラゴンを狩ってくると思わなかったけどな。

「「カイザー、ありがとう！」」

「うむうむ、このくらいお安い御用だ」

子供達に感謝され、カイザーは胸を張りつつも少し照れくさそうにしている。

「それにしても……かなり新鮮だな。倒したばかりって感じがする」

「うむ。きっとこれのお蔭《かげ》だな」

「それ！　カイザー、それはもしかしなくてもマジックリングだよね？」

カイザーが見せてきたのは、マジックリング――マジックバッグと同じ機能を持つ魔道具の腕輪だった。

「うむ。巣穴を漁《あさ》ってみたら、出てきたのだ。これが一番、性能が良いみたいで、中で経過する時間もかなりゆっくりになるらしい。これがあれば、帰る時はタクミの料理もそれなりに持って帰れるぞ！」

巣穴の財産の中にマジックリングが眠っているとか……凄《すご》いことだよな～。

そして、僕の料理を持ち帰れることに大喜びとか、僕は喜ぶべきなのか呆《あき》れるべきなのか悩むところだ。

「他にもいろいろ良さそうなものがあったので、それらも持ってきたぞ」

カイザーはマジックリングから装飾品や宝石を取り出し、ゴロゴロと地面に転がした。

「うわ～、これ、装飾品のほうは魔道具ばかりか？」

「一応、機能が良さげなのを選んできたので、使ってくれ」

「は？」

「タクミへの土産だ」

「ん？」

「ドラゴンは子らへの、こっちはタクミへの土産だ」

「っ!?」

カイザーの言葉に、僕は今度こそ絶句した。

「いやいやいや！　これ、かなり良いものばかりだよ？」

「巣穴で眠っていたものだ。気にするでない」

「気にするよ！」

なるほど、僕にお土産を渡された相手の気持ちはこんな感じなのか！

《お兄ちゃん、この中にマジックリングもあるんじゃない？》

「うむ、あるな。我が使っているものよりは劣るが、確か……二つほどあったはずだ。えっと……

これとこれだったな」

《やっぱり！　さっき機能が一番良いのを使っているって言っていたから、あると思ったんだよ！

ねぇ、カイザー、それはボク達が使ってもいいんだよね？》

「もちろんだとも」

カイザーとジュールとの間で、話が進んでいく。

というか！　カイザーは三つもマジックリングを所持していたってことか！　凄いな！

《ちなみに、機能はどんな感じなの？》

「こっちはかなりの容量が入るが、時間がゆっくりになるのは少しだけであったな。こちらは我のと同じくらい時間がゆっくりになるが、容量が少々少ない感じだな」

《おぉ、それでもなかなかの機能だね。——お兄ちゃん、これをフィートとベクトルに持たせてもいい？》

「……いいけど。ジュールはいいのか？」

《ボクはこれから見つけるやつでいいよ。容量が大きいのはベクトルで、時間がゆっくりになるのはフィートがいいかな？》

ジュールの提案に、ベクトルは大喜びして、フィートも控《ひか》えめだが嬉《うれ》しそうにしていた。

そして、やっぱり話が勝手に進んでいく。

《あ、でも、ベクトルは常にマジックリングの中身は空《から》にするようにするんだよ。魔物とか果実とか、手に入れたものはすぐにお兄ちゃんに渡すようにね》

《うん！　これでいっぱいお土産を手に入れても持って帰ってこられる！》

《一回でも腐《くさ》ったものがマジックリングから出てきたら……没収《ぼっしゅう》だからね？》

《わ、わかった！》

ジュールがひと際低い声を出して、ベクトルにしっかりと約束を守らせるように忠告していた。

ベクトルにマジックリングを持たせるのを躊躇《ためら》っていたが、これならとりあえずは問題ないと思った。

「えっと……カイザー、マジックリングはありがたく使わせてもらうね」

「マジックリングだけじゃなく、他のものもタクミが良いように使ってくれ。タクミが回収してくれないなら、ここにそのまま置いてゆくことになるぞ」

「……ありがたく受け取らせてもらうよ」

……微妙《びみょう》に脅《おど》された。

ルーウェン伯爵家の次男で騎士のグランヴァルトさん――ヴァルトさんもこんな気持ちだったのかな～。ヴァルトさん、本当にごめんなさい。

でも、たぶん、これからも僕は変わらないと思うから、諦《あきら》めてくれるといいな～。

「あ、そうだ。カイザー、この子は新しく家族になったラジアンだ。――ラジアン、彼はカイザー。家族の一員だよ。今は人の形をしているけど、リヴァイアサンっていうドラゴンだ」

「おぉ、グリフォンの子か！　タクミはまた面白い者を迎え入れたのだな～。我はカイザーだ。何かあったら頼ると良い」

《カイザーおにーちゃん？　おじーちゃん？》

「むむ？　これは難しい質問が来たぞ！　今の見た目的にはタクミの少し上くらいだから、〝お兄ちゃん〟でも良いと思うが、年齢的には〝お爺《じい》ちゃん〟か？　――タクミ、どちらがいいのだ？」

「いやいやいや！　お爺ちゃんは駄目《だめ》でしょう！　――ラジアン、〝お兄ちゃん〟にしておこう！」

《ん？　わかった～》

原因はわかっている！　ルーウェン伯爵の当主であるマティアスさんが「お爺ちゃんだよ～」とラジアンに自己紹介していたからだ！　しかも、同様にルーウェン伯爵夫人のレベッカさんも「お婆《ばあ》ちゃんですよ～」と話し掛けていた。

……あの世代の女性とラジアンが直接話す機会はそうないと思うが、ラジアンがうっかり《おばあちゃん》と話し掛けてしまわないように気をつけよう。

「……ちょっと疲れた」

今日はまだ始まったばかりだというのに、僕は少々疲れていた。

そんな僕に、アレンとエレナが声を掛けてくる。

「「おにぃちゃん！」」

「ん？」

「ドラゴンのおにく」

「いつたべるー？」

「え？　ん～……」

子供達はすぐにでもお土産に貰《もら》ったドラゴンを食べてみたいようだ。だが、食べるには解体しなくてはならない。

ん～、ブルードラゴンの解体は……冒険者ギルドにお願いすると、騒ぎになるよな～。ということは、自分で解体しなくてはならないのか？

「解体……できるかな？」

「「できない？」」

「綺麗《きれい》に無駄なく……は無理かもな。ぶつ切りした一部分の鱗と皮を剥《は》いで、骨を取るんだったらできるかな？」

「「じゃあ、それで！」」

「わかった、わかった。とりあえず、すぐに解体できるように、食べる部分を手頃な大きさに切り分けておこうか」

解体する時に巨大な死骸を出すのには場所を選ぶので、抱えられる程度の大きさの部位を切り取り、《無限収納《インベントリ》》に収める。

「今はここまで。あとは食べる時に解体しよう」

「「うん」」

「さてと、カイザー。カイザーには戻ってもらう形になっちゃうけど、僕達はこれから海に行こうと思っているんだ」

僕はこれからの予定をカイザーに伝えた。

「我はタクミ達と一緒に行動できるのであればどこでも構わないぞ。海に行くというのであれば、蒼海宮《そうかいきゅう》に行ってはどうだ？　あそこの者達が、タクミ達に会いたがっておったぞ」

蒼海宮というのは、ガディア国のベイリーの街に比較的近い海の中にある、人魚族の集落だ。カイザーともその近くで出会ったんだよな。

「巫《み》女《こ》姫《ひめ》様達が？　そういえば、ベイリーの街を離れて以来会っていないか～。ジュール達のことを紹介していないし、行ってみるか？」

「「いく～」」

とりあえず海に行く……という予定しか決まっていなかったが、やることが決まった。

「それじゃあ、行くぞ～」

僕はジュールに乗り、アレンとエレナはフィートに、そしてカイザーは人型のままベクトルに乗った。

《行くよ～》

「おぉ、とても良い脚力だ」

初めて背に人を乗せたベクトルが張り切り、〝爆走《ばくそう》〟という言葉が似合う走りをしていた。しかも、カイザーはそれに怯《ひる》むことなく見事に乗りこなしていた。

そして、海に着いてからは遠泳だ。ジュール達は浅瀬《あさせ》や湖で遊びながら泳いだことはあるが、本格的な遠泳はしたことがない。だが、ラジアンも含めて全員、すぐに泳ぎを習得した。

「こんにちは、お久しぶりです」

「「こんにちは～」」

「まあ！　ようこそいらっしゃいましたわ！」

人魚族の集落——蒼海宮に到着すると、巫女姫様、長《おさ》のガルドさん、人魚族で初めて知り合いになったミレーナさんが快く迎えてくれた。

「先日は人魚の腕輪をありがとうございました。そのお蔭で今日は僕の契約獣達も一緒に来られました」

以前来た際に、水中でも呼吸できるようになる人魚の腕輪を譲《ゆず》ってもらっていたのだ。

「立派な契約獣と可愛い契約獣達ですわね〜。人魚の腕輪が役に立って良かったですわ〜。数は足りていますか？　またいつでも渡せるようにと作り置きしていましたから、あとでお渡ししますね」

「いやいやいや！　まだ残っていますから、充分ですよ」

「いえ、タクミ様はもっと契約獣を増やす気がしますので、貰っておいてください！」

「えぇ〜……」

「それに、タクミ様のお知り合いにでしたら、お譲りしていただいても構いませんわよ？」

「それはありがたいですが……」

契約獣が増えるって……凄い予想だよな〜。あ、でも、飛竜は予定が入っていると言っても過言じゃないのか？

まあ、僕としては、家族が増えるのは嬉しいんだがな。

「巫女姫様、あれもお渡しするのを忘れませんように」

「ああ、そうだったわね！」

「あれ？」

「民族衣装……と言って良いのかしら？　タクミ様と子供達に人魚族が好んで着る衣装を用意しておきましたの」

人魚族の人達は、人魚のイメージ通りな水着っぽい格好をしている人以外にも、和装の狩衣《かりぎぬ》っぽい衣装を着ている人達もいる。ここで言う民族衣装は、狩衣のほうだろう。

「こちらです」

ミレーヌさんが早速、衣装を持ってきてくれたようだ。

やはり狩衣っぽいほうの衣装だった。だが、甚平《じんべい》っぽい衣装もある。

「こちらは寛《くつろ》ぐ時に着るものです」

甚平は部屋着ってことだな。

「我もいろいろと作ってもらったぞ。というか、今着ている衣装も人魚族の者が作ってくれたのだ」

「え、そうだったの？」

「ふふっ、わたくし達の衣装では人の街では目立つと思い、タクミ様が着ていたものを参考にして作らせてもらいましたわ」

「どうりで似ていると思ったよ！」

偶然だと思っていたが、僕が着ていた服を参考にしていたようだ。

「「これ、きてみたい！」」

すると、アレンとエレナは興味を引かれたようで、服を指差した。

「もちろんですわ。着替えを手伝いますね。どちらを着られますか？」

「「りょうほう！」」

ミレーナさんがアレンとエレナの着替えを手伝ってくれることになり、まずは狩衣を着てみることになった。作りは難しそうに見えるが、すぽっと被《かぶ》れば着ることができるようだ。

「「どう？」」

「おぉ、似合っているよ～」

《うん、うん、似合っている～》

《いつもと雰囲気は違うけど、とても良いと思うわ～》

僕はもちろん、ジュールやフィート達契約獣からも好評だ。

「「やった～」」

子供達は和風顔というわけではないが、和装も意外といけるんだな～。

「だけど、それを着て街を歩くのはやめたほうがいいかな？」

「「どうして～？」」

「珍《めずら》しくて目立つからな」

とても注目されることだろう。

「「パーティは？」」

「パーティ？　ああ、誕生日パーティとかならいいんじゃないか？　でも、レベッカさんに相談する必要はあるかな。もう少し煌《きら》びやかにするとか……いろいろありそうだしな」

「「わかった～」」

「あら、それでしたら式典用の衣装を用意させますわ！　キラキラひらひらが五割増しです！」

「「つくってくれるの⁉」」

「ええ、お任せください」

「「ありがとう！」」

式典用の豪華な作りの衣装もあるようで、巫女姫様が微笑《ほほえ》みながら提案すると、アレンとエレナがあっという間に作ってもらう約束をしていた。

「タクミ、どうだ？」

「「どう？」」

「三人とも似合っているよ。とても涼しそうだ」

子供達は続いて甚平を着てみていたが、何故かカイザーも一緒に着替えてはしゃいでいた。

「何か……貰ってばかりだな～」

「気にする必要は一切ありませんわ。逆にわたくし達のほうがお世話になっているのですから」

海に来ること自体が急に決まったので、お土産とかも用意していなかったんだよな～。

「でも、それじゃあ、僕の気が治まらないな～。あ、果実とかは食べますか？」

僕が《無限収納《インベントリ》》からいろんな種類の果実を取り出して並べてみれば、巫女姫様とミレーナさんは嬉しそうな顔をした。

「まあ！　これは美味しそうです」

「見たこともない果実もありますわね～」

果実はあまり手に入れられないということなので、多めに提供した。

「巫女姫様、大事なことを忘れていらっしゃらないですか？」

話が落ち着いたところで、ガルドさんが巫女姫様に耳打ちする。すると、巫女姫様がはっとした様子を見せ、少々慌てている。

「あらあら、すっかり忘れていました！」

「どうかしましたか？」

「タクミ様にお願いがございましたの！」

「お願い？　何ですか？」

どうやら、僕にお願い事があったようだ。

「その……タクミ様、碧海宮《へきかいきゅう》へ行ってはもらえませんか？」

「へきかいきゅう？」

聞き慣れない言葉が登場した。

「碧《みどり》の海の宮。色合いがこことは少し違う海晶石《かいしょうせき》の宮に住まう人魚族の集落です」

「え、蒼海宮と同じような宮が他にもあるんですか⁉」

「ええ、いくつか海に点在しておりますわよ。しかし、全ての集落と付き合いがあるわけではありませんので、正確にいくつあるかはお答えできませんけどね」

「へぇ～」

人魚族の集落って他にもあったんだな～。それも何箇所も。

「それで、その碧海宮がどうしたんですか？」

「えっと、その……とても失礼なお願いになってしまうのですが……」

巫女姫様がとても言い辛そうにしながら、視線を彷徨《さまよ》わせていた。

「嫌だったら断りますから、まずは教えてくれませんか？」

「えっとですね、その……碧海宮のゴミの回収をして欲しいのです！」

「えぇ⁉」

お願いは、まさかのゴミ回収だった。

「その……ゴミはどこの集落でも問題になっておりまして……碧海宮の者と話している時にですね……その……」

「巫女姫様がうっかり、タクミ様に回収してもらったことを漏《も》らしてしまったのです」

「もう！　ガルド！　それは黙っていてって言ったわよね⁉」

「碧海宮の者は、定期的に情報をやり取りしている者だったのですが、向こうの長にもその話が伝わり、正式にタクミ様に依頼できないかと打診《だしん》してきたのです。本当にうちの巫女姫様がすみません」

「ガルド～……」

巫女姫様のうっかり？　が原因だったらしい。

うっかりと言っても、そのことに関しては僕が黙っていて欲しいとお願いしたわけではないので、うっかりではないだろう。

「ん？　あ、でも、ゴミ回収って言っても……」

「内容はここにあったものと変わらないと思いますの」

ということは、貝殻《かいがら》やら骨やら、海草やらと……ほぼ何かしらに使えるものばかりだった覚えがある。そして何より、特大サイズの真珠《しんじゅ》が多数あった。本来は稀少《きしょう》なもののはずなのにな～。

「回収自体は受けることはできるんですが……」

「やはり嫌ですわよね？」

「いえ、嫌ってわけじゃないんですよ」

「あら？」

以前ここで回収したものも、現状《無限収納《インベントリ》》に入れっぱなしだったりする。

なので、ますますお蔵入りの品々が増えるだけなんだよな。

でも、断るほどの理由にはならない。

「そうですね～。碧海宮自体を見てみたいですし、その依頼は引き受けます」

「まあ！　本当ですか！」

海晶石でできたこの蒼海宮は綺麗なので、色違いの宮っていうのも興味あるしな。

「はい。――みんなもいいかい？」

「「《《《《いいよ》》》》」」

「うむ。我は一緒に行けるなら、どこでも良いぞ」

今、勝手に決めてしまった形になったが、みんなも了承してくれたので、僕達は碧海宮に行くことにした。

◇　◇　◇

「また、遊びにいらしてくださいね」

「「うん、またね～」」

「いろいろとありがとうございます」

一晩《ひとばん》、蒼海宮でお世話になった僕達は、翌日には碧海宮に向かうことにした。

しかも、その時には式典用の狩衣ができていて、人魚の腕輪と共に渡された。

《では、行くぞ》

「あ、うん、お願い。でも、安全運転でね」

最初は普通に泳いで行こうとした僕達だったが、ドラゴンに戻ったカイザーの背に乗って行くことになった。

そして、案内役兼、碧海宮の人魚族の人への仲介に、蒼海宮の男性二人も一緒に行くことになったのだが……その人達は何故かカイザーの尻尾にからめ捕《と》られるような形だった。

何でも、僕達以外は背には乗せたくないそうだ。

《――聞いていたのはここら辺だと思うのだが？》

ということで、カイザーに泳いでもらい、僕達は蒼海宮から西のほう、レギルス帝国の近くにあるという碧海宮付近までやって来た。

「は、はい、もう近くまで来ております」

《ふむ。それなら、ここからは人化して行くとするか》

碧海宮の近くまで来ると、カイザーは人型になった。まあ、リヴァイアサンの姿のまま人魚族の集落に行くと騒ぎになるだろうからな。

「そういえば、カイザーが初めて蒼海宮に行った時はどうしたんだ？」

「ぬ？　それは……ちょっと騒ぎになったが、タクミの知り合いと説明したら何とかなったな」

「……」

騒ぎにはなったんだな。でもまあ、最終的にはどうにかなったようで良かったよ。

「仕方がないではないか！　あの時は服など持っておらんかったからな。さすがに我でも、人は裸のまま行動はせぬと知っておった。だから、不可抗力だったのだ！」

「ああ～、確かにそうだね」

「そうであろう？」

「ん？　そういえば、人化する時と戻る時の服ってどうなっているんだ？」

本来の身体の時は……まあ、裸だろう。

今回、元の姿に戻った時と、人化した時のカイザーを見ていたが……今、人化した時は普通に服を着ていたよな？　戻った時も服が破れていた……ということはなかった。

「それはこれのお陰だ！」

カイザーは嬉しそうに右耳を指した。

そこにはピアスっぽいものが着けられているが、魔道具かな？

「鑑定してもいい？」

「もちろんだ」

カイザーの了承を得て、僕が【鑑定】してみると、そのピアスは装備変更の魔道具ということがわかった。

「……装備変更？」

「うむ、これはな、登録してある服を瞬時に着る、もしくは着替えることができる魔道具なのだ！」

どうやらカイザーは、人化する時に装備変更の魔道具を使用して服を着て、元の姿に戻る時に解除する形で服を脱いでいるようだ。

しかもこの魔道具は、服の着脱だけでなく、普段の服から戦闘用の服に瞬時《しゅんじ》に着替えるという使い方もできるようだ。

「へぇ～、そんな魔道具あるんだ。それはなかなか便利だな～」

僕は普段着と戦闘用の装備にほぼ変わりはないが、戦闘に鎧《よろい》を着る人なんかにはとても便利な魔道具だと思う。

「うむ、巣穴でこれを見つけられた時は嬉しかったな。これでもう服を破く心配はないぞ」

……少なくとも一回は、服を着たまま元の姿に戻り、服を破いてしまったんだな。

《お兄ちゃん、お兄ちゃん！　マジックリングもだけど、この装備変更の魔道具も探そう！》

ジュールが目をきらきらさせながら、装備変更の魔道具集めを提案してくる。

「ん？　便利な魔道具だとは思うが……そんなに欲しいのか？」

《うん！　ボク達も【人化】スキルを覚えるかもしれないでしょう？　いざっていう時のために、集めておきたいんだ！》

ジュールだけではなく、他の契約獣達もしきりに頷《うなず》いている。

【人化】スキルの取得方法はわからないが、そういうスキルがあるのはわかっているため、ジュール達はスキル取得を狙《ねら》っているのだろう。

そして、取得した時のために今からしっかりと準備をしておきたいようだ。

「了解。迷宮で探すのもだけど、お店とかオークションでも気にしておくよ」

「アレンもさがすー！」

「エレナもがんばるー！」

《うん、お兄ちゃん、アレンとエレナもお願いね！》

アレンとエレナもジュールに抱き着きながら協力を申し出ていた。

ジュール達が人化か。そんなことができる未来が訪れたら、今よりももっと楽しいんだろうな～。

「あ、すみません。お待たせしました」

すっかり話し込んでいて、人魚族の案内人さん達を待たせていた。

「いえいえ、全然問題ありませんよ。カイザー様のお蔭でここにはずいぶんと早く着いておりますからね」

「そうです。横から話を聞いていた形になりますが、装備変更の魔道具の件は巫女姫様にもお伝えして、私どもも気にしておきますね」

「え、それは悪いですよ」

「私どもはタクミ様に大変お世話になっておりますから、これくらいは大したことではありませんよ」

「そうですか？　じゃあ、お願いします」

「「お任せください！」」

装備変更の魔道具って今まで聞いたことがない程度には珍しいものだろうし、簡単には見つからなさそうなので、魔道具探しの人手が増えるのは正直ありがたい。なので、探すのはお願いして、見つけてくれたその対価をしっかり払おうと思う。

「さて、そろそろ行きますか」

ここからは、蒼海宮の人について行く形でしばらく泳いだ。

すると、蒼海宮と同じく結界を通り抜けた感覚の後、蒼海宮よりも少し緑がかった水晶のお城が現れた。

あれが碧海宮だな。違いは色くらいで似たような作りっぽいが、やはり圧倒される。

「「おぉ～、こっちもきれい～」」

《名前の通り、こっちはちょっと緑色っぽいんだね》

《同じ種類の石なのに色が違うなんて不思議ね～》

子供達はそれぞれ感嘆《かんたん》の声を上げている。

「ようこそおいでくださいました」

出迎えてくれたのは、ガルドさんくらいの年配の男性だった。

「タクミと申します。えっと……蒼海宮の巫女姫様の紹介で依頼を受けに来ました」

「碧海宮の長のフィンと申します。このたびはご足労いただきありがとうございます。まずはこちらの宮の巫女姫様にお会いいただいてもよろしいでしょうか？」

「は、はい、お願いします」

蒼海宮の案内人さん達にはお礼を言ってここで別れ、ここからはフィンさんの案内で、僕達は碧海宮の中へと入った。

「巫女姫様、お連れしました」

通された先にいたのは、人魚族の女性だった。

碧海宮の巫女姫様は、蒼海宮の巫女姫様よりも年上、ミレーナさんと同年代くらいの緑色の髪に緑色の瞳《ひとみ》だ。

「あなたがタクミ様ですのね！　このたびはご依頼を受けていただけると伺《うかが》いました。碧海宮の人魚族を代表してお礼申し上げます。ありがとうございます」

「いえいえ、簡単な依頼でしたからね。早速ですが、依頼を片づけてしまっていいですかね？」

「お疲れではありませんか？」

「問題ありません」

「そうですか。――フィン、案内してあげてちょうだい」

「かしこまりました」

というわけで、僕は依頼のゴミ回収をさくさく終わらせるため、フィンさんに案内してもらった。

「「しんじゅあるかな～？」」

「ん？　子らよ、しんじゅとは何だ？」

「「ほうせきだよ！」」

「ふむ、人魚族の者は宝石を捨てるのか？」

「カイザー、変な勘違いはしないで！　真珠は人魚族にとっては宝石じゃないんだ。貝殻と同じものなんだけど、丸くて艶《つや》のあるものは人族では宝石として扱われるんだよ」

子供達の説明だとカイザーに変な認識が植えつけられると思い、僕は慌てて説明する。

「貝の殻か？　人はそれを宝石として扱うのか～。それは不思議だ」

「まあ、貝の殻と言われれば微妙な気持ちになるよな～」

そうこうしているうちに、ゴミ捨て場になっている洞窟《どうくつ》に着いたようだ。

「「あっ！」」

アレンとエレナが何かに気がついて泳ぎ出した。

「「しんじゅ、あった～」」

「あ～、やっぱりあったようだな」

「「カイザー、これだよ」」

やはりここにも真珠があったようで、アレンとエレナが真珠をいくつか拾ってくると、カイザーに見せていた。

「これが、しんじゅか。ふむ、透明感はないのだな。だが、よく見ると綺麗な石だな」

「「うん！　きれいなの！」」

「ここにも大粒な真珠がごろごろとあるみたいだな～」

「「おみやげがいっぱい！」」

「……まあ、お土産にできるのは小さめのものだけで、大きいものは受け取ってもらえないんだけどな～」

たくさんあっても使い道がないので、できれば大きいものよりは小さいもののほうがいい。贅沢《ぜいたく》な話なんだけどな。

「アレン、エレナ、レベッカさんの装飾品を作った真珠の大きさは覚えている？」

「「おぼえてるよー！」」

「じゃあ、その大きさで形の綺麗なものを集めてくれるか？　それをお土産にするから」

「「いろはー？」」

「全部白でも、いろんな色でもいいよ」

「「わかったー！」」

僕達はまず《無限収納《インベントリ》》にまとめて収納してしまう前に、お土産用の真珠を選《よ》り分けておく。

「大きいのが結構あるな～」

残念な？　ありがたい？　ことに、ゴルフボールサイズの真珠もそこそこ転がっている。

いっそのこと、大きいものは粉になるまで砕《くだ》いてしまうか？　パールパウダーっていう品もあったよな？　……何に使うか知らないけどな。

「『このくらいでいい？』」

「そうだね。これだけあればいいかな。じゃあ、あとは……――」

真珠拾いが終わったら、あとはさくっと全部まとめて《無限収納《インベントリ》》行きに。これで依頼完了だ。

さらっと回収したものを確認してみたが、薬になる海草や貝殻、細工に使えそうな石や骨などばかりで、本当にゴミになりそうなのはごく一部だった。そのゴミも陸地に戻った時にでもまとめて焼却《しょうきゃく》してしまえばそれほど手間なく処分できるだろう。

「これほどあっさり……」

「能力に頼りきった方法ですけどね」

僕達の様子を見ていたフィンさんが唖然《あぜん》としていた。

時空魔法の適正者は全体数が少ないから、人口の少なめな人魚族の中ではほとんど現れたことがないのかもしれないいな。

「これで依頼完了っていうことでよろしいですか？」

「は、はい！　あっ！　どうしましょう！」

「え、どうかしましたか!?」

「……依頼の報酬《ほうしゅう》を話し合っておりませんでした」

「あ～……」

そういえば、〝ゴミ自体が僕達には価値があるもの〟で、それが報酬……と勝手に思い込んでいた。だが、人魚族からしたらそうではないんだよな～。

とはいえ、一応そのことは伝えておいたほうがいいだろう。

「えっと……報酬は結構ですよ。ここにあったものですが、いろいろと使えるものや売れるものもありますので僕達は充分に利益を得られますから」

「いいえ！　やはりそれでは駄目です。こちらにあったものが使えるものだとしても、それとこれは別でございます！」

「えぇ～」

これはやっぱりさらに報酬を貰わないと収まりそうにない雰囲気かな。

「タクミは仕事をしたのだろう？　なら、報酬は受け取るべきではないか？」

「仕事って言ったって、収納しただけだよ？」

「だが、他の者ではできなかったことだろう？　それならば、タクミの労働には対価は必要だと思うぞ」

「……」

しかも、労働とか、対価とか、それこそ他者に一番興味がなさそうであるリヴァイアサンのカイザーに諭《さと》されてしまった。

「えっと……巫女姫様のところに戻って無事に終わったことを報告し、まずは休息をお取りになりませんか？　そうです、そうしましょう！　報酬については休息後、改めて話し合いをいたしましょう！」

「……そうですね」

僕が微妙な空気を出していたからか、フィンさんがおろおろした様子で今後の予定を提案してきた。

なので、僕達は碧海宮へと戻り、巫女姫様に報告をすることにした。

「まあ！　もう終わったのですか⁉」

巫女姫様は驚きつつも大変喜んでくれた。

「巫女姫様、タクミ様への報酬を決めていなかったのですが、どうなさいましょうか？」

「何てことでしょう！　フィン、どうしましょう」

「とりあえず、タクミ様達には休息してもらい、その間に我々が出すことのできる報酬をいろいろ探しましょう」

「そ、そうね。それでタクミ様が欲しいものを選んでもらえばいいわよね？」

巫女姫様とフィンさんが報酬になりそうなものを探しに行くことになったので、僕達は応接間でのんびりと休憩することにした。

「お、お待たせしました！」

ゆっくりとお茶を一杯飲んだくらいの時間で、息を切らせた巫女姫様とフィンさんが戻ってきた。

「えっと、お帰りなさい。そんなに慌てなくても……」

「いいえ！　お待たせするのはよくありませんわ！　――さあ、フィン、並べてちょうだい」

巫女姫様はすぐに、フィンさんに持ってきたものを並べるように言う。

すると、フィンさんはいろんな魔道具らしきものを僕達の前に並べていく。

「「おぉ～、いっぱいあるね～」」

だいぶ見慣れてきた人魚の腕輪を始め、いろんなものが並べられた。

「おにぃちゃん、これなーに？」

「カイザー、こっちはー？」

興《きょう》味《み》津々《しんしん》なアレンとエレナが、【鑑定】ができる僕とカイザーに次々と何の品なのか聞いていく。

すると、ちょっと気になるものがあった。

「吸血ナイフ？」

「それは名の通り血を吸うナイフになりますわ。正直、わたくし達では使い道がわかりませんので倉庫で眠っていたものになりますが、人族のタクミ様なら使い道があるかと思いお持ちしました」

間違って指とかを切ってしまったら、血が吸われてしまうんだろうか？　そう思うと怖いナイフだな。

「あ、違う？」

もう一度よくよく【鑑定】してみると、生きている者には作用しないようだ。ということは、死んでいる者に刺すと血を吸うってことか？

「あ！　これ、血抜き用のナイフか！」

「「ちぬき？」」

「仕留めた魔物とかを食べるのに解体する時、血を全部抜くだろう？」

「ん？　血を抜く？　そのまま食べるが？」

アレンとエレナに説明したつもりが、カイザーに首を傾《かし》げられてしまった。

「……カイザーはそうなんだね。まあ、魚介系は血抜きをあまりしないな。だけど、人は獣系の肉は血を抜いてから解体して食用にするんだよ」

血も素材になる魔物に使ったらもったいないことになるが、そうでない魔物だったら血抜きにかかる時間が短縮されそうな気がするよ！

「それでは、そちらは使用できるということですのね？　では、タクミ様がお持ちになってください。あとはどうです？　使えそうなものはありますでしょうか？」

「ありがたくこのナイフはいただきますが……報酬はこれで、っていうことでいいんですよね？」

「まあ！　違いますわよ。こちらにあるものは全部持って行ってくださって構いませんのよ？　もちろん、使えないものまで押しつけるつもりはございませんが、使用できそうなものは遠慮なくどうぞ」

「えぇ!?」

並べたものの中から一つ好きなものを選んで報酬としてくれるのだと思っていたが、巫女姫様からしたら全部報酬として持って行っても構わないらしい。

「えっと、さすがに全部は悪いので、本当に使えると思ったものだけいただきますね」

「わかりましたわ。でも、遠慮はなさらないでくださいね」

「ありがとうございます」

というわけで、僕は報酬として吸血ナイフ、それと子供達の強い要望により二種類の魔道具を貰うことにした。

◇　◇　◇

碧海宮に一晩泊まった翌日、僕達は碧海宮を後にして海中散策をしていた。

「「ていやー！」」

アレンとエレナは魔物を発見すると、素早く泳いでいき、途中から上手く体勢を変えて流れる勢いのまま両足で蹴《け》りを繰り出す。

《むむ。やっぱり水中戦は難しいな～。上手く動きの切り替えができないや》
《アレンちゃんとエレナちゃんは、本当に上手に動くわよね～》
《ぼくの場合は頭、というか嘴《くちばし》から突っ込んでいけばいいので体勢を変える必要はありませんが、ジュール達はさすがに頭から行くわけにはいきませんよね》
《くっ！　オレはもう頭から行く！》
《わたしには水中戦は間違いなく無理なの！　みんな、頑張れなの！》
《ラジアンもむり～。タクミおにーちゃん、あそぼ～》
ジュール達は海に潜るのは今回で二度目か？　泳ぎはだいぶ上達しているようだが、残念ながら泳ぎながらの水中戦闘には慣れていないようだ。
「数をこなせば、そのうち慣れるさ！」
そんな子供達を、カイザーがひたすら監督《かんとく》していた。
カイザーにとって水中戦は慣れたものだろうけど……それはリヴァイアサンの姿の時だ。人の姿の時は戦えるのだろうか？
まあ、いざとなったら元の姿に戻ればいいのだから、特にできなくてもいいのかな？
「カイザー、子供達……主に戦っている子達の様子を見ていてくれる？」
見ていてもしようがないので、僕達も動くことにした。
「うむ？　それは構わんが、タクミはどこかに行くのか？」

「マイルとラジアンと一緒に採集でもしているよ。海中のものはなかなか採りに来られないから、いろいろ探してみる」
「なるほど。わかったぞ、こちらは任せくれて構わぬよ」
「うん、お願いね。――マイル、ラジアン、海底を見に行こうか」
《行くの！》
《あそぶ～》
僕は少しだけ暇《ひま》そうにしていたマイルとラジアンを連れて、海底に向かう。
とはいっても、それほど離れていないので、頭上で子供達が暴れているのはちゃんと見える距離だ。
「ラジアン、あまり離れるなよ～」
《わかった～》
海底ではラジアンがまだぎこちなく泳いでいたので、離れないように注意する。海底にも魔物はいるからな。
《海藻がいっぱいなの！》
「お、昆布《こんぶ》とワカメだな」
《なになに～？　これ、とるの～？》
「そうだよ。ラジアンも手伝ってくれるか？」

《うん、てつだう！》
マイルが早速、よく使う海藻を見つけてくれたので、僕はマイルとラジアンと一緒にたっぷりと採取していった。
《タクミ兄、タクミ兄、これを見てなの！　この海藻、野菜っぽいの！》
「ん？　あ、本当だな。えっと……ミズ菜？」
海藻を採っていると、マイルが野菜っぽいものを見つけた。名称は『ミズ菜』。だが、僕が知っている水菜っぽい野菜は、こちらの世界ではアオ菜という名前だ。なので、違う植物なのだろう。
《食べられるの？》
「うん、大丈夫みたい」
そして、このミズ菜という名前の植物は……モロヘイヤっぽいものらしい。
……海中に生えている時点で、僕の知っている野菜ではなさそうだけどな。
《とりあえず、回収しておくの！》
「そうだね。食べてみないと美味しいか美味しくないかはわからないもんな」
茹《ゆ》でただけで、程よい塩味のするお浸《ひた》しになったりするかもしれないので、採取できる分は採取しておこう。
《やったー！　大物が来た！》
ミズ菜を採取していると、ベクトルの喜びの叫びが聞こえた。

《ベクトルがはしゃいでいるの！》
「大物って魔物だよな？　何が来たん……――っ⁉」
何があったのかとベクトルのほうを見てみると、ベクトルの視線の先からシーサーペントが向かってくるのが見えた。
《あれ、なーに？》
「あれはシーサーペント。えっと……ヘビ型の魔物かな？」
《つよい？》
「そうだな。そこそこ強いと思うよ」
それこそ姿形はリヴァイアサンに似ているが、ドラゴンではない。まあ、海の魔物としてはなかなか強い部類だろうけどな。
だが、それでもベクトルならそこまで苦労しないだろう。
「あ、でも、泳ぎの慣れ具合によっては苦労するのかな？」
《苦労はしても、負けはしないと思うの！》
「それはそうだな」
《ベクトルおにーちゃん、がんばれ～》
倒すのに時間は掛かるかもしれないが、負けることは想像できない。
「お、真っ直ぐに突っ込んでいったな～」

《いつも通りなの！》
ベクトルは向かってくるシーサーペントに直進していくと、そのまま正面衝突《しょうめんしょうとつ》。
「うわ～、豪快《ごうかい》に行ったな～」
《ベクトルは本当に頑丈《がんじょう》なの！　普通ならあれは痛いの！》
「だよな～。――あ、次は噛《か》みついたか」
頭突きだけでは仕留めきれなかったようで、ベクトルは続いて動きの止まったシーサーペントの首に上手く噛みついた。
そして、力任せにぶんぶんとシーサーペントを振り回した。
《あ、シーサーペントがぐったりしたの！》
「もう少し苦戦するかと思ったけど、意外とあっけなく倒したな～」
《ベクトルおにーちゃん、すごーい》
ラジアンはベクトルの雄姿《ゆうし》を見て、少々興奮しながらベクトルのほうへ泳いで行った。それに僕達もついて行く。
「ラジアンにあの戦い方は真似《まね》しないように言わないとな」
《あれはベクトルだからできるの！　絶対に真似は駄目なの！》
尊敬や憧れから、ラジアンがベクトルのような力任せの戦闘をしないように注意しておこう。
《兄ちゃん、見てくれた？》

「うん、見ていたよ。大物なのにあっさり仕留めて凄いな」
《えへへ～。仕留めたやつは早速マジックリングに入れておいたから、あとでまとめて兄ちゃんに渡すね》
「そうだな。ベクトルのやつは時間がゆっくりになるのが少しだけだからな」
《ジュールとの約束を守らないと没収されちゃうから、兄ちゃんもオレが忘れていそうだったら、ちゃんと教えてね！》
「ははは～、了解。さすがにここで渡されても困るから、陸地に行ったらすぐに受け取るよ」
ジュールの脅しがしっかりと効いているようで、ベクトルはマジックリングを装備する条件を守ろうとしている。
《シーサーペントは美味しいかな？　食べるのが楽しみ～。――あ、サンドクラブを発見！　兄ちゃん、行ってくるね～》
ベクトルは次の獲物を見つけると、すぐさま泳いで行った。
「あれはあれでいいんじゃない？　確かにベクトルの行動には驚いたり呆れたりすることもあるけど、今さら礼儀正しくて大人しい子になったら……僕は調子が狂《くる》うような気がするな～」
《ベクトルは慌ただしいの！》
《それはそうかもなの！》
困ったこともあったりするが、ベクトルはやっぱり今のままのベクトルが一番落ち着くだろう。

「さて、そろそろ満足したかい？」

「「した～」」

「それじゃあ、日が暮れる前に陸地に行くよ」

「「は～い」」

シーサーペントと遭遇してからもしばらくの間、魔物退治や海藻採取を続け、たっぷりと戦利品を手に入れた僕達は、日が暮れる前に陸地へと引き上げることにした。

第二章　レギルス帝国へ行こう。

「さて、どこに行くかな～」

「「んにゅ？・」」

陸地に行くにしてもどこへ行こうか悩んでいると、アレンとエレナが不思議そうな顔をしていた。

「えっとな、今、僕達がいるところから一番近い海岸は、レギルス帝国っていう行ったことのない国なんだ。だから、その国に行くか、ガディア国へ戻るか悩んでいるんだよ」

「「あたらしいところ！」」

「レギルス帝国に行ってみる？」

「「いく！」」

というわけで、行き先はアレンとエレナの言葉によって決定し、僕達はレギルス帝国へ行くことにした。

再びカイザーの背に乗って、泳ぐこと数十分で僕達はレギルス帝国の海岸に上がった。

カイザーに任せると、あっという間だったよ。

「「ここー？・」」

「うん、ここがレギルス帝国だよ。一番近くの街は……グラッドの街だな。でもまあ、街には明日行こうか」

「『おとまりー？』」

「そうだね、今日はここで野営というか、家を出すところを探して泊まろうか」

「『わ～い。おとまり～』」

せっかくなので、今日は野営にして浜焼きでもしようと思う。魚介がたっぷりと手に入ったことだしな。

泊まる場所については、《無限収納《インベントリ》》にある持ち歩き用に作った家を出せばいいだけなので心配はない。まあ、開けた場所が必要になるんだけどな。

「晩ご飯は、海の食材をいろいろ焼くぞ～」

「『いっぱいたべる～』」

《兄ちゃん、兄ちゃん、シーサーペントも食べたい！　あっ！　大変だ！　オレ、戦利品を兄ちゃんに渡してない！　兄ちゃん、受け取って、受け取って～～～》

ベクトルが慌てて、マジックリングの中身を全て出して積んでいく。

「うわ～。結構あるな～」

「おにぃちゃん、アレンのも～」

「エレナもおねがい～」

「えぇ!?」

《兄様、私の持っているものもお願い》

《兄上、ぼくのもお願いします》

「うわっ、ちょっと待って！」

続いてアレンとエレナ、フィートとボルトもマジックバッグやマジックリングから海での戦利品を取り出していく。

一人だけでも小山ができるほどの素材を複数人でまとめて出されると、辺りが凄いことになる。なので、僕は慌てて《無限収納《インベントリ》》に素材を入れていく。

「……結構な数の魔物を倒していたんだな～」

「「がんばった！」」

あまり頑張らないで欲しい。だって、レベル差がさ……うん、もう諦めるのが一番だな。

「では、タクミ、我が集めたものも収めてくれ」

「え、何で!?　カイザーのマジックリングは時間経過がかなりゆっくりで、容量もあるんだろう？」

カイザーも何故か僕に素材を渡そうとしてくる。

「確かにそうではあるが、我が素材を持っていても使い道がない！」

「食材になるものだったら、持っていてもいいんじゃないか？」

「我の普段の食事は、生きたままの魔物だ！　なので、仕留めたものはあまり好まん！　あ、タクミの料理なら大歓迎だ！」

「……さすがに全部を料理して返すことはできないぞ」

「うむ、それはわかっておる。一部で良いので、帰る時に料理を持たせてくれると嬉しい」

「わかった。あと、食材じゃないものは売って、街で屋台の料理とかを買い込むかい？」

「おぉ！　それも良いな！」

カイザーの持っていた素材も預かることにし、売却は僕がする。カイザーはギルド員とかにはなれないしな。

「それで……何をやっていたんだっけ？」

突発的な荷物整理が始まったため、その前は何をやっていたのか忘れてしまった。

《兄ちゃん！　シーサーペント！》

「ああ！　そうだったな」

シーサーペントを食べたいという話をしていたんだったな。

僕は《無限収納《インベントリ》》にしまったシーサーペントを取り出した。

「食べるにしても、解体しないといけないんだよな～」

ところで……浜焼きって、採りたての魚介を浜辺で焼くことだよな？　シーサーペントって蛇だけど、魚介に含めていいのだろうか？　海のものという括《くく》りなら、いいのかな？　となると、ブルードラゴンも含めてもいいのかな？

なんてことを考えていると、アレンとエレナがバッと手を上げた。

「「かいたいやりたい！」」

「解体？　何の解体をやりたいって？」

「「シーサーペント！」」

「えぇー⁉」

アレンとエレナの突然の発言に、僕は思わず子供達の顔を二度見してしまった。

「いやいやいや、これは大きいし……たぶん固いよ？」

「「がんばる！」」

「……えぇ～」

僕が困惑していると、カイザーが首を傾げる。

「子らはこの形状の魔物の解体ならできるのか？」

「ん？　ああ、まあ……ヘビっぽいものは何度か解体しているのを見ているから、捌《さば》く順番とかは覚えていると思うな」

「おぼえてる～」

「べんきょうした～」

子供達が実際に解体したものは、魔物の種類も数もそこまで多くはない。だが、誰かが解体していたらじっくりと覚えるように見つめていたし、本などでも勉強していたので、手順だけなら問題ないだろう。

「であれば我が力を貸そう。解体はやったことがないが、指示を出してくれれば我が動こう。それならば、子らにやらせても問題ないであろう？」

「「わ〜い。カイザー、ありがとう！」」

「よいよい」

何故だか、あっという間に子供達が解体する流れになっていた。

「いや、あのな……」

「シーサーペントは我らに任せて、タクミはブルードラゴンの解体をするといい」

「んん!?」

《おぉ、ドラゴンのお肉が食べられるんだね！　楽しみ！》

《兄様、頑張って！》

「……わかったよ」

みんなからの期待の眼差《まなざ》しに、僕は嫌とは言えなかった。正直、ブルードラゴンの肉は僕も食べてみたいしね。

というわけで、ぶつ切りにしたブルードラゴンの一部を《無限収納《インベントリ》》から取り出す。

すると、それを合図に、子供達は鞄《かばん》からナイフを取り出し、カイザーを伴って意気揚々《いきようよう》とシーサーペントへ向かっていく。

「とりあえず、こっちはぐるっと皮剥ぎからかな？」

僕の目の前にあるブルードラゴンの部位は、胴体の真ん中あたりの輪切りである。

なので、切り目を一本入れてから、そこから削《そ》ぐように皮を身から剥がしていく。すると、鱗付きの長方形の皮の出来上がりだ！

あとは、適当に骨以外をブロック分けにしていく。

「よし、こんなものかな～」

さらに焼いて食べやすい大きさへとカットして、ブルードラゴンは準備完了である。

「「おにぃちゃん！」」

ちょうど同じ頃、子供達に叫ぶように呼ばれた。

「「こっちもおわった～」」

「え？　終わったの!?」

子供達のほうは、シーサーペント丸々一体分の解体が終わったようだ。

「タクミ、とりあえず、丸っと剥《む》いた皮がこれだ」

ブルードラゴンよりは小さいとはいえ、僕が捌いた部位よりは大きいのに？

「ああ、うん……ありがとう」

三人の共同作業だったお蔭で、作業の効率が上がったのかな？

僕は少し呆然《ぼうぜん》としながら、カイザーから受け取った皮を《無限収納《インベントリ》》にしまう。

「おにぃちゃん、おにくもしまって～」

「おにぃちゃん、こっちのはたべるの～」

アレンとエレナはブロック分けにした肉を渡してくる。しかも、しっかりと食べる分のお肉は、ステーキ状の大きさになっているではないか！

「アレンとエレナは、凄いな～」

「「すごい？」」

「うん、作業は手早いし、解体したものも綺麗だ。よくできたな～」

「「えへへ～」」

いや～、この歳でここまでできるって、本当に稀《まれ》だと思う。ここまであれこれできる子だと、逆にできないことを探したくなる。……そう思うのは、僕が悔しいと思っているからかな？

「じゃあ、片づけをしたらご飯にしようか」

「「うん！」」

複雑な気分だが、これは美味しいものを食べて忘れてしまうに限るな。

というわけで、さっくり浜焼きを始める。

「とりあえず、最初はコショウ塩だけにするから、タレとか他の味の塩が欲しい時は言ってね」

「「《《《《《はーい》》》》》」」

「うむ」

人数が多くなったので、手持ちのホットプレートだけでは焼ける量が心許《こころもと》なく感じるな～。

もっと台数を増やすか大きいものを作ってもらったほうが良さそうだな。とりあえず今は、魔道具のコンロとフライパンセットも稼働させることにしよう。

あとは……この世界に来て最初の頃のように、焚火《たきび》の周りに串刺《くしざ》しにした肉を立てて、直火で焼くか～。

「もうやけた？」

「これ、もういい？」

「ん～、良さそうだな」

「「わ～い。いただきまーす！」」

まずはシーサーペントの肉からだ。

「「おいしぃ～～～」」

「うん、美味しいね」

シーサーペントは肉の分類なのか魚の分類なのかはわからないが、とろけるような脂身ながらあっさりとした味わいだった。

「こっちも良さそうだな」

「「たべる、たべる～」」

続いて、ブルードラゴンの肉だ。

「「んん～～～」」
「うわぁ～～～。これは……」
《ドラゴン、美味しい！》
《美味しいわ～》
《美味しいです》
《美味《うま》っ！　これ、美味い！》
《美味しいの！》
《おいしい～》
シーサーペントも美味しいと思ったが、ブルードラゴンはもっと美味しかった。
とにかく〝美味しい〟としか言葉が出なかった。
「ふむ、焼くとこういう味になるのだな～。生も美味いが、これも美味い！」
カイザーだけはドラゴンを食べ慣れているせいか、しっかりと味わい、以前食べたことがあるものと比較《ひかく》していた。
「……しかし、下位のドラゴンでこの味か～」
「ほかのドラゴン！」
「もっとおいしい⁉」
〝中位、上位のドラゴンはもっと美味しい？〟と僕が言葉に出さなくても、子供達は僕の言いたいことを理解し、目を輝かせていた。
「しかも、水属性以外のドラゴンもいるんだよな～」
「「はっ！　そうだった！」」
《そうか！　上位種もだけど、他種のドラゴンもいるんだよね！》
《レッドドラゴンとかになると、また味わいが違うのかしら？》
《食べ比べてみたいですね～》
《絶対に狩る！　兄ちゃん、ドラゴンのいそうなところに行こう！》
《そのうち食べてみたいの！》
《ドラゴン、おいし～》
　確か、火、風、土、光、闇《やみ》属性と、六属性のドラゴンがいるんだよな～。
「ウォータードラゴンならそのうち手に入れてくると約束しよう。なので、水属性以外のドラゴンが手に入った時は、是非とも我にも食べさせてくれ！」
「「がんばる！」」
「いやいやいや！　確かに気になるけど、そこは頑張らなくていいよ！」
「「えぇ～～～」」
「不満そうな顔をしても、ドラゴンが生息していそうな場所には滅多《めった》なことでは行かないよ」
　このままでは秘境とかにでも突っ走っていきそうな勢いだ。さすがにそれは見過ごせないので、ここは〝止める〟の一択だ。

僕ももの凄ーく気になるけどさ！　やはり賛同はできない。

「「じゃあ！　じゃあ！　おそってこないかなー？」」

「おそって？　え、襲って⁉　……ちょっと、縁起《えんぎ》でもないことは言わないでよ！　でも、襲われたなら……戦うのか？　いや、場所によっては逃げるんじゃないの⁉」

「「えぇ～、たたかおうよ～」」

「ああ、もう！　ドラゴンの話は一旦《いったん》、お預け！　ほら、次が焼けたよ。エビとかホタテとか。だから、今はご飯を食べようよ～」

「「あ、たべる、たべる！」」

話を続けたら押し負けてしまいそうなので、とりあえず食事に集中させることにした。

「ほら、カニも焼けたよ～」

「「どれもおいしぃ～」」

……話を逸《そ》らすのに成功したかな？

《お兄ちゃん、こっちのお肉も良さそう？　食べてもいい？》

「うん、いい感じだな。いいよ～」

「アレンもたべる！」

「エレナにもちょうだい！」

シーサーペントやブルードラゴンの肉も美味しいんだけど、新鮮な魚介も美味しかったので、子供達はすぐに食事に夢中になった。
「「おいしかった～」」
「二人とも食べたな～」
「「とまらなかった～」」
アレンとエレナは食べ過ぎた～……と言わんばかりの満腹になったお腹をさすっている。
きっと子供達のお腹はぽこんと丸く膨《ふく》らんでいることだろう。
《……食べ過ぎて、ちょっと苦しい》
《……私も》
《……ぼくもです》
《……うへぇ～、もう入らない～～～》
《……お腹いっぱいなの～》
《……くるしい～》
「大変満足した！」
二人だけではなく、ジュール達もたっぷりと食べて、〝もう食べられない～～～〟と言わんばかりに寝転がっていった。
「だから、その辺でやめときな……って止めたのに」

「「だって～、おいしかったんだも～ん」」

僕も美味しくてついつい食べ過ぎた感はあるが、みんなほどではない。

だって、肉などはまだあるのだし、食べたかったらいつでも食べられるのだから。

「ほらほら、もうすぐ暗くなるよ。家を置けるところを探して、寝転がるならそこでいくらでも寝転んでいいから、今は移動するよ」

さすがに浜辺のど真ん中に家を出すのは目立つので、もう少し陰になるところを探したい。

「「……はぁ～ぃ」」

僕が急《せ》かすようにみんなを動かすと、子供達は今まで見たことがないくらいのスローペースで動き出す。本当にゆっくり、のろのろっていう感じだ。珍しい。

この調子ではそれほど移動できないと思い、近場の岩場の陰に家を出すことにした。もともと人《ひと》気《け》のない場所だし、暗くなれば人に見られることはなさそうだしな。

「ほら、おいで」

僕は玄関に立ち、子供達が扉をくぐる前に魔法で身体を綺麗にしていった。みんな砂浜に寝転んで砂だらけだったしな。

「……わ～」

部屋に入ったら入ったで、それぞれがお気に入りの場所で寝転がり始める。

ラジアンもカイザーもこの家に入るのは初めてなんだが、しっかりと居心地の良い場所を見つけて寝転がっていた。

「……本当に珍しいな」

それでもしっかりと僕がいつも使う場所だけは空いているのは、偶然なのだろうか？

◇　◇　◇

「「おにぃちゃん、おにぃちゃん」」

「……ん？　おはよ……ん？　えっ、暗っ!?」

翌朝、僕は子供達に起こされたのだが……辺りはまだ薄暗《うすぐら》かった。

「まだ朝じゃないよな!?」

「日が出たばかり、というところだな」

「カイザーももう起きていたの!?」

「うむ、我はそこまで睡眠はいらんのでな」

どうやら僕は、日の出とともに起こされたようだ。

いや……日が昇り始めているのなら一応、朝なのかな？

「それにしても……ちょっと早過ぎないか？」

「「えへへ～。おきちゃった～」」

昨日はあのまま早くに寝たので、その分早く起きてしまったのだろう。

「まあ……今日は早めに起きようとは思っていたから、いいけどさ～」

昨日は満腹のみんながそれほど移動できなかったため、妥協《だきょう》して岩場の陰に家を出した。夜ならともかく朝になると目立ちそうなので、早めに家を撤収しようと思ってはいたのだ。

「さてと、昨日はお腹がはち切れそうだったみたいだけど、朝ご飯は食べられそうなのかな？」

「「《たべる！》」」

「《《《《食べる！》》》》」

「ははは～……」

食欲はしっかりとあるようだ。全員から元気の良い返事をされた。

「昨日は野菜が少なめだったから……朝は野菜を中心にするからな」

「「わかった～」」

「……野菜はあまり好まんが、タクミの料理なら野菜でも美味いかもしれんな。うむ、我も構わないぞ！」

いろんな野菜とベーコンとソーセージを湯がき、好きなタレや塩で味つけし、白パンと一緒に食べた。

「「しゅっぱーつ！」」

そして、少し食後の休憩をしてやっと明るくなった頃、僕達は一番近くの街――グラッドの街に向かった。

「街が見えてきたな」

《じゃあ、ボク達はここまでだね》

《まだ一緒にいたいけど、大勢で街に行ったら目立つものね》

《そうですね。仕方がないですけど、ここまでですね》

《残念。でも、すぐにまた迷宮に行くんだよね？　それなら我慢する》

《おわりー？　もっとあそびたかった～》

《ラジアン、大丈夫なの！　すぐに会えるの！》

ジュール達はそれぞれ僕や子供達に挨拶《あいさつ》すると、僕の影の中に戻っていった。

「我は一緒にいてもいいのだな？」

「もちろん、いいよ。でも、人化が解けそうになる前には言ってね」

「それはもちろんだ！　だが、タクミ！　我は日々進化をしている」

「ん？」

「人化を解く時に、縮小した状態になれるようになっておる！」

「っ！」

カイザーは胸を張って自慢《じまん》げな顔をしたかと思うと、突然、人化を解いた。

するると、僕の片腕くらいの大きさのリヴァイアサンになった。……まあ、あれだ。完全にヘビっぽい。

「「おぉ～」」

《どうだ？　ここまで【縮小化】できるようにするには苦労したのだぞ》

「「すご～い」」

「うん、まあ、凄いんだけど……突然だと驚くから、人化を解く前にひと言欲しかったかな～」

《うむ？》

カイザーはまた人化し、人の姿へとなった。

「それはすまんかったな。だが、これで長く一緒にいても大丈夫であろう？」

「そうだね。でも、どこに人目があるかわからないから、変わる時は周りに気をつけてよ」

「うむ、気をつけよう」

「それじゃあ、行こう……あっ！」

「「ん？」」

〝さて、出発だ！〟と思ったところで、僕はある問題点に気がついた。

僕が突然声を上げたので、子供達とカイザーは揃《そろ》って不思議そうに首を傾げる。

「カイザー、やっぱり縮小した魔物形態に戻って」

「うむ？」

「カイザーの身分証がないから、街に入れない！」

「「あっ！」」

僕が問題点を告げると、三人も思わずといった様子で声を上げていた。

「だから、僕の従魔のふりをしておいて」

「おぉ、そうであったな」

カイザーは再び、ヘビ化……じゃなくて、縮小リヴァイアサンの姿になり、僕の首に巻きついた。

「うおっ！　ちょっとひんやりしているな～」

《問題あったか？》

「いや、大丈夫。街に入るまではそのままでいて」

《うむ、わかった》

というわけで、僕達はこの状態で街に向かった。まあ、門では少々質問されたが、無事にカイザーを連れてグラッドの街に入れた。

「「なにするー？」」

「とりあえず、カイザーを戻したいから……裏道にでも行こうか」

《我はこのままでも良いぞ？》

「どうせなら一緒に食べ歩きとかをしたいだろう？」

《……できるのなら？》

カイザーを人化させるため、僕達は大通りを逸れ、人気《ひとけ》のない裏道に行き、カイザーを人化させた。

「手間を掛けさせてすまないな」

「いいや、このくらい構わないよ」

「「もんだい、ないない！」」

「それじゃあ、まず……どこに行く？」

「「えっとね……しんでん？」」

「ああ、そうだな。最初に挨拶しに行こうか」

子供達の提案で、僕達はまず神殿に向かうことにした。


（巧さぁーーーーん！）

「うわっ！」

「「んにゅ？」」

神殿に入るとシルの叫び声が聞こえ、僕は思わず声を上げてしまった。

すると、子供達は不思議そうな顔をしながら見上げてくる。

「何でもないよ。じゃあ、挨拶してくるから、二人は少し待っていてな」

「「うん！」」

「カイザーはちょっと一緒に来て」

「うむ、わかった」

子供達はいつも通り自由にさせ、僕はカイザーを連れて神像の前に向かう。

（シル、突然大声で話し掛けてくるなよ。驚くだろう）

（ご、ごめんなさい。でもでも！　ギスタの街で会いに来てくれると思ったのに！　会えなかったんですもん！）

（あ！　ごめん、すっかり忘れていた！）

（うぅ～……僕は会えるのを楽しみにしていたのにぃ……）

僕はとりあえず、急に声を掛けてきたことに苦情を伝えたのだが、逆に責められてしまった。

……ギスタの街でか～。神殿に行くっていうのは、考えつかなかったな～。

（本当にごめん。でもさ、シル、街に着くごとに神殿に行くって……決めていたわけじゃないよな？）

（……）

（……）

そう、別に毎度神殿に行くと約束していたわけじゃないのだ。

そのことで反撃してみると、シルは見事に黙った。

（うぅ～……会いに来てくださいよぉ～）

しばらくお互いに無言が続くと、耐え切れなくなったシルが情けない声で要望を伝えてくる。

(絶対とは言えないけど、なるべくな。それで許して)

(……はぃ～)

いつも思うんだが……一応、シルは僕の上司に当たるんだよな～。

僕は生意気なことばかり言っているような気がする。罰《ばち》とか……当たらないよな？　大丈夫だよな？

(ところで、シル。今、カイザーも一緒にいるんだけど、僕達の会話って聞こえていないよな？)

それはさておき、今日はカイザーが一緒にいるので、紹介しておきたい。

見たところ、カイザーにはシルの声が聞こえていなそうだしな。

(ん？　ああ、そうですね。えっと……ちょっと待ってください。……これでどうですか？　聞こえますか？)

(おぉ！　声が聞こえるな！)

シルが何か調整をしたようで、すぐにカイザーが反応を示す。

(この声の主が、風神様か！　お声を掛けていただき光栄です。我は水神様の眷属のリヴァイアサン。今はカイザーと名乗っております)

(うん、君のことは知っているよ)

(知っていただけているとはとても光栄です！)

シルとカイザーが会話しているが、カイザーは緊張気味なのか少し声が硬い。

（我が水神様の御子《おこ》を保護できなかったばかりに、風神様のお力を借りる形になってしまい申し訳ないと思っておりました）

（……うん、その件については僕も仕方がないと思っているよ。それに、もともと悪いのは子供達を放置しているウィンデルだしね。君は気にしなくていいよ）

カイザーは子供達を保護しなかったことを微妙に気にしていたようだ。

そのことについて、僕が最初に会って聞いた時〝無理なものは無理。仕方がない〟というあっけらかんとした態度だったのにな～。実際に子供達に会ったことで罪悪感が芽生えたのかな？

（我は人化ができるようになりました。ですので、御子のことでお力になれることもあるかと思います。何かありましたら我におっしゃってください）

（……水神の眷属の君に、僕が直接言うのは違うとは思うけれど……これからも巧さんの力になってあげて）

（わかりました！　もちろんです！）

シルとカイザーの間で協力体制？　が整っていた。微妙に……仲が良い？

（シル、カイザーに無理強《むりじ》いするのは駄目だぞ）

（酷いですよ、巧さん。僕は無理強いなんてしていませんよ！　お願いしただけです）

（そうだぞ、タクミ。我は無理強いなんてされておらんぞ！）

（……）

僕はカイザーのためにシルを止めたのに、シルとカイザーの両者から猛抗議された。

（二人揃って責めないでよ）

（責めていません！）

（責めておらんぞ！）

シルとカイザーって、地味に息ぴったりだな～。やっぱり仲が良い？

（も～、巧さん、変なこと言わないでくださいよ～。そんなことよりも、最近はどうです？　困っていることはありませんか？）

シルが急に話題を変えてきた。

カイザーとの協力体制に、僕がこれ以上口を出さないようにかな？　まあ、シルも無理なことをカイザーにやらせるとは思っていないので、もう反対はしないんだけどね。

（困ったことは特にな……あっ！）

（えっ⁉　何か思いつきました⁉　何ですかぁ⁉）

（子供達の教育方針に悩んでいる）

（……ん？）

困っている……というわけではないが、最近思うことがあった。

（アレンとエレナさ、手伝いとかも自主的にやってくれるし、勉強とかも進んでやる。我儘《わがまま》という

我儘もほとんど言わない基本的には良い子達なんだよ。だけどさ、最近ちょっと戦闘狂気味なんだと思うんだよな～）

（……ああ、そうですね）

そう、戦闘面に関してだ。

（このままでいいのかな～……と悩むことがある。だって、今は完全に僕よりも子供達のほうが強いんだよ？）

子供達が強いのは〝神様の子供だし〟ということで、僕の中では……だいぶ諦めがついてきた。

だが、やっぱり本当にこのままでいいのかな～？　とね。

（まあ、あの子達の能力は優れていますからね。それこそ二人よりも弱い大人は多いと思うので、そこは本当に気にしないでいいと思いますよ）

（……それはそうなんだけどさ～）

（それに、巧さんはもともと戦闘とは疎遠《そえん》な生活をしていたじゃないですか。なのに、逆にここまでついて来られるなんて凄いと思いますよ）

（それはシルが与えてくれた能力のお蔭だろう？）

（違いますよ。たとえ基礎の能力があったとしても、それを正しく使う努力をしなければ、今の巧さんのようにはなりません。なので、巧さんはとても凄いんですよ！）

（……そうなのかな？）

シルの言っていることには説得力がある。

（うむ。タクミはもともと別の世界の人間で、この世界に慣れるのにだって苦労したはずだ。むしろ、まだ苦労しておるだろう？　その努力はタクミだからできたのだ。誇ればよい）

カイザーも褒《ほ》め殺しに参戦してくる。

……二人掛かりで言葉責めされる……照れるな。

（子供達が戦闘に積極的なのは巧さんのせいじゃないので、巧さんが嫌だと思わなければ子供達に任せても問題ないですよ。水神の気質は流れるままに、時にはゆるく、時には激しく……という感じなので、ゆったりのんびりしたものと、強烈なものと……ちょっと二面性がありますからね）

……アレンとエレナにも当てはまりそうな感じだな。

（もし、巧さんが戦闘に参加したいのであれば、子供達に言って譲ってもらえばいいんです。きっと言えばわかる子達ですしね。でも……そもそも巧さんはそこまで戦闘に興味はないんですよね？）

（まあな。魔物とかいない世界にいたわけだしな）

というか、運動神経が壊滅《かいめつ》していたから、スポーツ自体もほとんどやらなかった。

転生して身体が動くようになって、動き回ること自体は面白くはあるけど、やっぱり読書や料理のほうが楽しい。

（子供達は子供達。巧さんは巧さんで好きなことを……読書や料理をしていればいいんですよ）

（自然に心を読むなよ）

（あ、つい）

……油断するとすぐにシルは心を読んでくるんだよな〜。

（あ、でも、読書や料理が趣味《しゅみ》だと、街を出るのも嫌だったりします？）

（いや、それは楽しいよ。自然も街も、見たことがないものを見ることができるしな。迷宮なんて不思議なところでわくわくするよ）

（好きに旅へ出て、戦闘は子供達と契約獣達。時々、巧さん。あとは好きな時に街でゆっくり読書して、料理して生活してください。神である僕が許します。誰にも文句は言わせません）

（今と変わらない生活だな）

（変わらなくていいんです）

今まで通りで良いようだ。

（あ、でも、ドラゴンに突撃するのは駄目ではないですけど、巧さんが嫌なら怒ってでも止めて問題ありません）

（……見ていたんだな）

（……）

最後の最後で覗《のぞ》き見発言。せっかく良い感じだったのに、台無しだ。

（ドラゴンは狩りに行きたいぞ！）

（……カイザーが行くのは止めないよ）

（タクミと一緒に行きたい。狩りたてのドラゴンの肉で料理をして欲しいのでな！　絶対にそのほうが美味しそうな気がする！）

（え、それは羨《うらや》ましいです！　僕も食べたいです！）

欲望に忠実な二人を見ていると、僕も好きなことをやっても問題ないと感じ、細かいこと？　で悩むのはやめることにした。

悩みをすっきりさせて神殿を出た僕達は、街をぶらぶらと散策した。

「『あれ、おいしそう！』」

「うむ、確かに美味しそうだな」

大通りに入った途端、子供達は食べ物に呼ばれているかのようにふらふらと屋台に近づいて行った。しかも、何を売っているのかすら見ていないのに、少しおかしな発言をしながらだ。

「……まだ品を見てもいないだろう？　なら、美味しそうな匂いがするって言ってくれ」

「『いいにおいがする～』」

「うむ、美味しそうな匂いがするな」

僕が注意すると、三人とも即座に訂正《ていせい》した発言をする。

「そうだな。で、匂いからして魚を焼いているんだと思うけど……」

「『きいてくるー！』」

アレンとエレナはゆっくりとした歩調から、一気に駆け出し、屋台へ突撃していった。僕とカイザーもそれを追いかける。

「アレン、エレナ、何だった？」

「『アローフィッシュだって～』」

「おぉ、アローフィッシュか～」

アローフィッシュはあれだな。魚のダツのような魔物だ。

しかも、切り身とかではなく、一匹そのままを塩焼きにしたものが売っていた。

そういえば、アローフィッシュの切り身は迷宮でたっぷり手に入れたが、一匹そのままのものは持っていなかった。なので、アローフィッシュの丸焼きはしたことがないな～。

「ここら辺ではアローフィッシュと遭遇するんですね」

僕の言葉に、店員さんが頷く。

「ああ。そこの海岸から海に出て西に行くと、アローフィッシュの巣のようなところがあるんだ。船で近づくなら気をつけろよ。こいつらは船を沈めようと飛び掛かってくるからな」

「……ああ」

『細波《さざなみ》の迷宮』で僕達が遭遇した時のように、海の中から凄い勢いで飛び出して狙ってくるのだろう。

しかし……アローフィッシュの攻撃方法って、命がけだよな～。飛び掛かって変なところに刺さってしまったら、抜けずにそのままの状態になってしまうこともありそうだしな。

「だがな、こいつらが刺さっても壊れず、抜けないような丈夫な盾を用意できれば生け捕りは簡単だぞ！」

「……え？」

あえて的《まと》になって盾にぐさぐさ刺さったアローフィッシュを回収してくるのか。

結構、命がけの漁だな～。

「それで、どうだい？　食べるかい？」

店員さんに聞かれ、僕は子供達とカイザーを見る。

「えっと、食べるんだよね？」

「「たべる～」」

「我も食べたい！」

「どのくらい食べる？　一人一匹じゃあ……アレンとエレナは多いか？」

これから食べ歩きが始まるなら、アレンとエレナには間違いなく一匹は多いだろう。まあ、カイザーは問題ないと思うけどな。

「アレンとエレナは、はんぶんこ～」

「ふたりでたべる～」

「我は一匹貰おう」

「じゃあ、僕も一匹で。——おじさん、三匹ください」

「おう、毎度！」

僕達はアローフィッシュを受け取る。頭の先端の棒のような場所と尾ビレを持ち、かぶりついて食べるようなので、教えられた通りに食べてみる。

「骨がいっぱいで食べ辛いかもと思ったけど……食べやすいですね」

「そうだろう。だから、こういう食べ方も可能なんだよ！」

太めの背骨が真っ直ぐに串のような役割をしていて、小骨もほとんどないのでかなり食べやすかった。

「美味しいです」

「おぉ、そりゃあ良かった！」

「タクミ、タクミ、いくつか買っておいても良いか？」

「カイザーも気に入ったんだ」

「うむ、タクミに貰ったレイ酒と合いそうだから、今度飲みながら食べたい」

「ああ、なるほどな～」

確かに、日本酒と焼き魚の組み合わせは合うだろう。

というわけで、今焼けている分のアローフィッシュを買い占めてから、僕達は次の屋台を探しに歩き出した。

「そういえば、カイザー。お酒はまだ残っているのか？」

「……」

歩きながら僕は、ふと思ったことをカイザーに聞いてみる。すると、カイザーは無言のままそっと目を逸らした。この反応は……もうあげたお酒は残っていなさそうだな。

「飲み切ったんだね。まあ、いいよ。また分けてあげるさ」

「タクミ！　感謝する！」

「新しいお酒もあるから、それもね」

「おぉ！」

反応からしてカイザーは酒好きのようだな。

今回、カイザーにレイ酒などを分けたら、さすがに手持ちのお酒は残り少なくなるはずなので、今度王都に行った時は、『巨獣《きょじゅう》の迷宮』に汲《く》みに行くのを忘れないようにしないとな～。

「ちなみに、人化している時にお酒を飲んだら……どうなった？」

「……人化が解けたな」

「うん、じゃあ、人化して僕達と一緒に行動している時は、お酒は禁止だな」

「……仕方あるまい」

カイザーにお酒禁止令を言い渡すと〝非常に残念〟という顔をしていた。だがまあ、自分の危なさをわかっているからか、ちゃんと納得しているようだった。

「「おにぃちゃん、おにぃちゃん、つぎはあれー！」」

「うむ、あれも美味しそうだな」

僕とカイザーが話している間に、子供達はしっかりと屋台探しをしていたらしく、話が一段落したところで声を掛けてきた。

「タクミ、あれは何というものだ？」

「あれはソーセージだね」

アレンとエレナが指していたのは、フランクフルトのような腸詰めの屋台だった。

「アレンとエレナはそれぞれ一本？　二人で一本にする？」

「「いっぽんずつ～」」

「了解。カイザーは一本でいい？　もっと食べるかい？」

「とりあえず、一本にしておこう」

「了解。——じゃあ、お兄さん、四本ください」

「はいよ！　熱いから気をつけてな」

僕の分も加えて注文すると、すぐに手渡される。

「「ふぅ、ふぅ……」」

さすがにすぐにがぶりとはいけず、子供達は息を吹きかけて冷ましていた。

「うむ、これも美味しいな！」

しかし、カイザーは熱さなど気にせず、既にがぶりと食べていた。

水属性なのに火傷《やけど》は大丈夫なのかな～……と思ったが、カイザーは【身体異常耐性】スキルを取得しているので、火傷しないのかもしれないな。

ん？　ということはお酒を飲んでも僕と同じで酔うこともないのか？　じゃあ、酔って人化が解けたのではないんだな～。気が緩んで制御が甘くなったとかかな？　そうなると、やはり街などでの飲酒は絶対に駄目だな。

「「おいしぃ～」」

「そうだな。これも美味しいな」

ソーセージは皮がパリッとしていて、肉汁がたっぷりで美味しかったので、ここでも焼いてあったものの買い占めをした。

それからも屋台を巡って食べ歩き、お店を覗いてカイザー用に果実酒などを樽《たる》買いしたり、見たことのない食材探しをしたりしてから、泊まる宿探しをしたのだった。

第三章　迷宮へ行こう。貴石《きせき》編

「「おはよう～。おきて～」」

「……ん～」

翌朝再び、僕は子供達に朝早くから起こされた。まあ、外はうっすらと明るくなっているので、昨日よりはまだ遅い時間のようだ。

「おはよう。今日も早いな。ちゃんと寝たか？」

「「ねたよ～」」

「きょうは～？」

「なにする～？」

睡眠時間はしっかり取って、元気いっぱいのようだ。

「ふぁ～……そうだな～。この街のすぐ傍《そば》には、上級の迷宮がある――」

「「いく！」」

「……んだけど、まあ…………もちろん、行くって言うよな～」

迷宮に行くか聞こうとしたのだが、最後まで言い切る前に返答される。

行きたいのはわかるんだが……最後まで言わせて欲しい。

「カイザーも……迷宮に一緒に行くのでいいな？」

「うむ、一緒がいいな」

隣のベッドで寝ていたカイザーもしっかりと起きて、わくわくした表情をしていた。

というわけで、僕達は第八十の迷宮〝貴石〟へ行くことにした。

「「なんのめいきゅう？」」

「土属性だな。『貴石の迷宮』っていうくらいだから、宝石とかが採れるのかな？」

街の本当にすぐ傍だったため、僕達はジュール達を呼ばずに歩いて迷宮に向かう。

「「んにゅ？」」

「ん？」

「うむ？」

迷宮だと思われる場所が見えてくると、何故か凄い数の人が集まっていた。

「「いっぱい？」」

「そうだな。凄い人だかりだ。あれ……全部が冒険者ってわけじゃないよな？」

「むむ？　何やらゴテゴテした服を着ておる者もいるようだぞ」

カイザーの言う通り、防具などをつけた冒険者っぽい服装の人達だけではなく、一般人が着るような洋服の人から、質の良さそうな服を着て装飾品をつけた貴族っぽい人達までいた。

「あれは……受付か？」

迷宮の入口付近に行くと、テントのようなものが張ってあり、そこに列ができていた。

「あ、すみません！　ちょっと聞きたいんですけど……」

「ん？　何だ？」

とりあえず、警備っぽい人をつかまえ、話を聞いてみることにした。

「僕達、ガディア国から来た冒険者なんですけど、この状況ってどういうことなんですかね？　ここは迷宮で間違いないですよね？」

「ああ、よそから来た冒険者か。それならこの状況に驚くだろうな」

「ええ、人の多さに驚いて、何事かと思っているところです」

「だろうな。貴石の迷宮の一階層はな、ほとんど魔物も出ない上に、もの凄く見応えのある場所なんだ。だから、観光地化しているんだよ」

「観光地!?」

「ああ、あの列が入場受付の列だ」

そう言って警備の人は、列を指差した。

驚いたことに『貴石の迷宮』は観光地になっていた。

「入場受付ってことは、あそこで受付をしないと迷宮に入っては駄目ってことですか？」

「そうだぞ。この迷宮は完全に国が管理しているからな」

「うわ～」

まあ、迷宮に入っている人数を把握していないと、何かあった時に対処できないもんな～。

「「はいれないの？」」

「いや、受付をすれば入れるみたいだけど……」

観光地になっているのは、一階層だけだよな？

「すみません。二階層以降の階層へ進むにはどうしたらいいんですか？　行けないんですか？」

「いや、冒険者なら問題なく行けるぞ。ただ、一階層と二階層の間にある転移装置の間には常に人がいて、そこで先に進む者の確認は取られるな」

間違っても一般人が二階層へ進まないようにしているって感じかな？

「ああ、ちなみに、迷宮に入るには一人大銅貨二枚かかるからな」

入場料を取っているんだな。まあでも、よくよく考えると大銅貨二枚……食事一回の半分くらいだから、かなり安い入場料だよな。

受付と警備を入口と転移装置の間、それぞれに配置しているなら、その人件費もかかるだろうし。しかも、二十四時間体制となると、そこそこの金額になるだろう。

「でも……大銅貨二枚で人件費とかを全部賄えないような気がするけどな～」

「全部は無理だな。だが、管理しないで事件が多発するほうが問題になるだろうから、必要経費さ」

「……なるほど」

放置すると事件が多発しそうなほど、凄い迷宮ってことだな。

「この迷宮は、一見する価値はある。せっかくここまで来たんなら、絶対に見ていったほうがいいぞ」

「そうですね。是非見ていきます。いろいろ教えていただいてありがとうございます」

この迷宮のことを教えてくれた警備の人にお礼を言うと、僕達は受付の列へと向かう。

「迷宮の攻略はひとまず置いておいて、まずは一階層の見学をするつもりだけど……それでいいか？」

「「うん、いいよ！」」

「我もいいぞ。ここまで人が見たがる迷宮というのも気になるしな」

子供達とカイザーも問題ないようなので、僕達は受付で入場料を払い、いよいよ『貴石の迷宮』へと入った。

「「「おぉ～」」」

迷宮内に入ると、僕達は思わず感嘆の声を零《こぼ》す。

「「すご～い」」

「これは本当に凄い」

迷宮内は森みたいな場所だったのだが……その全部が宝石のようなものでできていたのだ。

「これは全部、水晶……じゃないよな？　ダイヤモンドか？」

迷宮前で教えられた通り、これは一見の価値はあるな～。

「兄ちゃん達は、この迷宮が初めてなのか？」

「え？　はい、そうです。凄すぎて驚いているところです。って、すみません！　通れなかったですよね」

入ってすぐの場所で驚いていたからか、僕達の後ろから来た冒険者に声を掛けられた。

……まあ、僕達が立ち止まって道を塞いでいたからだとは思うけどな。

「いいや、問題ないぞ。初めてなら、全員が君達のようになるからな」

「ははは～」

「だが、これで驚くのは早いぞ」

冒険者はにやりと笑う。

「え、どうしてですか？　奥のほうにもっと凄いものでもあるんですか？」

「いや、この迷宮は定期的に変化するんだよ。今はダイヤモンドの森だが、違う宝石の森にもなる」

「えぇ!?」

詳しく聞くと、今日は半透明のダイヤモンドの森だが、日によっては青のサファイアの森、赤のルビーの森、緑のエメラルドの森と、四種の森で入れ替わるらしい。

「それは他の森も見ようと、何度も来たくなりますね」

「「みたい、みたい！」」

「うむ、それは気になる」

庶民でも何度も来られるように入場料は安いのかな？

「それにダイヤモンドにサファイア、ルビーにエメラルドが一階層で手に入るなら、国で管理するのも頷けますね」

「いや、この階層の宝石は採れないぞ」

それを聞いて、僕達は目を丸くする。

「え？　そうなんですか⁉」

「「とれないの？」」

「ああ、硬すぎて、どんなことをしてもこの森は割れないんだよ。ツルハシやハンマーで叩《たた》いてみることは問題ないから試してみればいいさ。あ、受付で言われていると思うが、魔法は禁止されているから使うなよ～」

「うわっ！　そうなんですか⁉　聞いていませんよ⁉」

宝石が採れる採れないはともかく、魔法が禁止なのは受付で教えて欲しかったよ。

驚く僕に、冒険者も驚く。

「え、聞いてないのか⁉」

「普通は言われるんですか？」

「もちろん！　と言いたいところだが、ここに来る冒険者は地元の者ばかりだから、知っていることだと思って言わなかった可能性があるな～」

「えぇ～……」

どちらかと言えば、普通の冒険者がスルーされることでわざわざ説明されたり、心配されたりするのに、ここでは逆にスルーされるのか～。

「「おにぃちゃん、だいじょうぶ？」」

思わず天を見上げていると、子供達が心配したようにくっついてくる。

「うん……でも何で教えてもらえなかったんだろう」

「俺は入った時の反応を見たから初めてだとわかったが、受付の奴はそっちの彼と子供達のほうが親子か兄弟かなにかで、君が案内役で雇われた冒険者だと思ったのかもな～」

「なるほど……」

髪や瞳の色などのぱっと見の容姿は、子供達とカイザーはそっくりだからな～。

なにせ、レベッカさんが父親に間違えるほどだし。

「何回も来る冒険者は注意事項なんて聞きたがらないから、良かれと思って説明しなかったな」

「ははは～」

初めて来た人達用の受付と、再来用の受付を分けるように提案しておこうと思った。

「教えていただいて本当に助かりました。お蔭で違反せずに済みましたよ」

「違反しないで済むならそのほうがいいとは思うが、初回は軽い罰金で済むから安心しなよ」

なるほど、初犯は捕まってもお金さえ払えば釈放《しゃくほう》されるんだな。

「じゃあ、二回目以降の罰則はどんなものなんですか？」

「罰金に加え強制労働とかだな。それでも繰り返すようなら労働が過酷なものになっていく。そして、最終的には牢《ろう》行きだな」

「へぇ～。あ、魔法の使用って、生活魔法も使っては駄目なんですか？」

「いや、それは大丈夫だ」

じゃあ、洗浄や灯りなどをうっかり使っちゃっても問題ないってことだな。

「さて、じゃあ、俺はそろそろ行くな」

「はい、ありがとうございました。もし、冒険者ギルドで会うことがあれば、一緒に食事に行きましょう。お礼に奢《おご》りますよ」

とても丁寧な対応をする気の良い冒険者で、仲良くなりたいと思ったので迷わず食事に誘った。

「ははっ、このくらいのことで気にするな。だが、機会があれば一緒に飯に行くのは歓迎だ」

すると、彼も同じように思ってくれたのか、色よい返事があった。

「おっと、俺はディル。ソロで活動しているから、見かけたら声を掛けてくれ」

「僕はタクミです。見かけたら必ず声を掛けます」

「アレンです！」

「エレナです！」

「我はカイザーだ」

それぞれ名乗ってから、いざ別れようとしたその時、前方からざわざわとした空気が伝わってきた。

「「ん？」」

「「んにゅ？」」

「何かあったようだな」

とりあえず、僕達はその場に留まり、周囲の様子を窺《うかが》うことにした。すると、前方から騎士っぽい人を連れた貴族夫婦が慌てて戻ってくるのが見えた。

「はっ！　君達は冒険者か!?」

「一応そうですが……何かありました？」

ディルさんは僕達に視線を送ってから、一歩前に出て答えてくれた。

……もしかしたら、この迷宮のルールがあるのかもしれない。ここは大人しく、ディルさんに対応を任せよう。

「子供が！　子供がいなくなったのだ。捜すのを手伝ってくれ！」

どうやらこの貴族夫婦の子供がいなくなったため、人手を求めて入口に戻ってきたようだ。

「まずは迷宮の外に出て受付と警備の者に報告をお願いします」

「子供がいなくなったのだぞ！」

「ですので、すぐに報告をお願いします」

すぐに僕達が捜しに行ってくれると思っていたのか、それをしない僕達に対して貴族の男が怒鳴《どな》りながら睨《にら》みつけてくる。

「子供に何かあったらどうしてくれる！」

「受付のほうから要請を受けませんと、我々は動けません。ですので、すぐに報告をお願いします」

「役立たずがぁ！」

貴族の男性はわかりやすく悪態《あくたい》を吐《つ》くと、迷宮の外へ向かう。

「勝手に捜しに行っては駄目なんですか？」

「国が管理しているとは言っても、そもそもここは迷宮だからな。タクミ達は聞いていないだろうが、中で起こったことは基本的に自己責任だと忠告がある」

「この階層は安全だと言われているようですけど……まあ、迷宮ですもんね。魔物と遭遇する場合だってあるでしょうしね」

魔物はほとんど出ないと言われているが、〝ほとんど〟ということは〝絶対に出ない〟というわけではない。

「そうだな。スライム程度の魔物は出る。あとは……広さだな。年に数件の行方不明者が出る」

「ああ、この迷宮もそれなりに広そうですよね」

「そこそこ広いぞ。でだ、行方不明者が出た時、たまたま近くにいた冒険者が捜索を手伝う。まあ、それ自体は善意の行動だな」

「まあ、そうですね」

「だが、どこどこの貴族の時には冒険者が無償《むしょう》で手伝ってくれたのだから……と自分の子供を捜すのもやれ、と冒険者に強要する貴族がいたことがあってね」

「うわ～」

傲慢《ごうまん》な貴族ってどこにでもいるんだな～。強要された冒険者が可哀想だ。

「それが何度かあって、問題になったんだ。だから、そういう場合に個人的に協力することは控えるようにと冒険者ギルドから言われている。もちろん、頼まれた相手が知人だったりした場合は別だけどな」

「なるほど、わかりました。——アレン、エレナ、カイザーもわかったね」

「「はーい」」

「うむ」

今回、ディルさんが一緒にいなかったら、もしかしたら僕達は協力して子供を捜しに行っていたかもしれないな～。無償で協力すること自体は問題ないのだが、この国の冒険者全員の迷惑になるのだけは避《さ》けたい。

「ああ、ちなみに、タクミ達が散策中に迷子を見つけた場合、入口まで連れてくることは問題ないからな」

「……」

これはあれか？　偶然迷子を見つけたように装って子供を見つけてこい……という意味か？

いや、ディルさんはそんなに性格は悪くないはず。なら、本当に一例として言ったのだろう。

「「さがす？」」

「ちょっと待ってな。たぶん、外で対策を考えているはずだから、もうちょっとここにいて協力してくれって言われたら捜すことにしよう」

「「ん～……わかった」」

命に危険が及ぶのなら今すぐにでも捜しに行くが、今はそうでもないようなので冒険者ギルドのルールに従うことにしよう。

「お、来たようだ」

パタパタと走ってくる音が聞こえ、すぐに外で警備していた人と数人の冒険者が駆け込んできた。

「お、ディルだ！　あの貴族が騒いでいた無情な冒険者ってディルのことだったんだ」

「そうだな。で、具体的な話はどうなった？」

「ここにいる者達が捜索に行く。時間が掛かるようだったら追加の人員も派遣される手筈《てはず》になっている。で、最初にあの貴族と話しただろう冒険者にも協力を要請しろって言われている。どうする？」

「了解だ。俺は構わないんだが……」

ディルさんは捜索の参加に了承した後、ちらりと僕達のほうを見てくる。

「ん？　あれ？　君達は？」

ここで、捜索に来た冒険者が、僕達がいることに気がついた。

「さっき知り合ったばかりの冒険者だ。ここは初めてのようなんだが、条件的には彼らにも適用されるのか？　ん？　そういえば、確認していなかったが、タクミは冒険者なんだよな？」

「ははは～、冒険者ですよ～」

僕達は格好からして冒険者だが、冒険者だとは名乗っていなかったので、ディルさんは改めて確認してきたのだろう。

「ちなみに〝条件〟っていうのは何ですか？」

「正式な要請を受けたら、余程の事情がない限り依頼として受けることになっている」

「なるほど、強制依頼に近いものですね。あ、でも、冒険者なのは、僕と子供達で、カイザーは違いますね。でも、捜索に参加することは問題ないですよ」

「うむ」

「いや、でも、初めての迷宮だろう？　タクミ達がそれで帰ってこなかったら、それはそれで問題になる」

　二次遭難になるのではないかと心配しているのか。

「あ〜、僕達なら間違いなく迷子にはならないと思いますよ。なので、ここで悩んでいる時間も惜しいですし、捜索を開始しませんか？」

「いや、だがな……」

「あ、僕のランクを言っていませんでしたね。これでもAランクなので、心配は無用ですよ」

「Aだって⁉　マジか！」

　善意での捜索は駄目だと言うので我慢したが、これ以上時間が掛かるのは迷子の子供が可哀想なので、早く捜索が始まるように自分のランクを明かしてしまう。何か……そのほうが手っ取り早そうだったしな。

「Aランクの人間なら、できないことをできるなんて言わないだろう。ここは信用して捜索を開始しよう」

「そうだな。それじゃあ、まずははぐれたという地点に行こう」

　親と子供がはぐれたところまでは全員で移動するようだ。

「捜すのはあの貴族――アニス家の五歳の男児。はぐれた場所で騎士を二名残してきているらしい」

　そして、移動している途中に迷子の子供の情報――どういう経緯なのか、そしてどんな服を着ていたかなどを聞く。

どうやら、貴族親子は騎士を三名同行させていて、二名をその場に残して、残りの一名の騎士と一緒に戻ってきたようだ。なので、行く先には騎士が二名いて、現在は既に付近の捜索をしているだろうということだった。

「「はやくみつける～」」

「そうだね。早く見つけてあげようね」

「「うん！　がんばる！」」

迷子の捜索には誰よりもアレンとエレナがやる気を見せていたので、何故か僕はすぐに見つかるような気がしていた。


「ここら辺のはずなんだが……」

「あ、あそこに人がいますね。残ったっていう騎士じゃないですか？」

「お、本当だな。じゃあ、合流するぞ」

現場に到着すると、まずは先に捜索している騎士と合流できたので、状況を聞くことにする。

「アニス家の騎士様ですか？」

「ええ、そうです。応援ですか？」

「はい、我々はアニス家のご子息、ダグラス様の捜索に加わります。現状はどのような感じでしょうか？」

「いないと気づいた地点の周囲は捜しましたが、見つかりません。また、残念ながら四方どの方向に向かったのかも判明していません」

「……そうですか」

……進展はまるでないと言ってもいいようだな。

というか、そもそも見失うっていうのが、おかしい気がした。

「えっと、最後にダグラス様を見た場所はどこですか？　その場所を教えていただけませんか？」

僕は見失う前、最後に姿を見た場所を教えてもらうことにした。

「そんなところを見るよりも早く散って捜したほうがいいんじゃないですか？」

「いや～、案外近場に隠れていたりしないかな～……と思いまして」

ここは半透明のダイヤモンドの森。他に見える色は、間違いなく人の色だ。たとえ木などの死角に隠れていたとしても、子供の上着は紺色だというから、ダイヤモンド越しに何となくわかるはず。

なので、〝いない！〟と気づいて周囲を見た時、姿どころかその色もなかったっていうのは、どう考えてもおかしい。それが判別できないくらい遠くまで行ってしまった……となると、護衛は何をしていたんだと言いたくなるし、それはないと思いたい。

「『かくれてるの～？』」

「うん、そうだね。僕は〝かくれんぼ〟をしているような気がするな～。隠れて、捜してくれるのを待っているんじゃないかな」

「「じゃあ、さがそう～」」

「そうだね。見つけてくれるのを待っているだろうから、早く見つけてあげよう」

「「うん！」」

アレンとエレナは、早速隠れているかもしれないダグラス様を捜し始めた。

「そういえば、今までいなくなった子供達の何割かは近場にいたな」

「半分以上はそうだったかも。捜している大人の声を聞いても出てこないで隠れているからなかなか見つけられず、時間だけがかかった記憶がある」

「……いなくなったのは、こちらです」

何度か迷子の捜索をしたことのある冒険者達の意見を聞き、騎士達はいなくなった場所に案内してくれる気になったようだ。

「……ここです」

「「んとね～…………あっ！」」

場所を移動した途端、アレンとエレナが何かを発見したようだ。

「えっ？　何かあった？」

「「あながある！」」

「穴？」

「「うん、あそこ～」」

アレンとエレナが示したのはウロのある木だった。

「これは……ちょうど子供が入れそうな穴だな～」

しかも、ウロは地面すれすれから下のほうに向かっているので、穴の中は地面の下になる。地面もダイヤモンド製のようだが、分厚いので、色は透けて見えない。ちょっと影っぽいものがあるように見えるだけだ。

「「みてみるね～。――あっ！　いた！」」

「え、本当にいたの？」

いるかどうかは半々かな～と思ったが……いたようだ。さすが、アレンとエレナ。

二人の上から僕もウロを覗いてみると、そこには間違いなく眠っている男の子がいた。

「……いるね。――えっと……ご確認お願いします」

場所を騎士達に譲り、この子がダグラス様かどうか確認してもらう。

「「ダグラス様！」」

騎士達は穴を覗いた途端、寝ていた男の子を起こそうと必死に名前を呼び出した。

捜していた子で間違いないようだ。

ウロはそこまで大きくはないので奥まで入って行けず、呼び掛けるしかできないけどな。

「タクミ達は凄いな～」

静かに成り行きを見守っていたディルさんが、素直に感心したように呟く。

「僕というよりは、子供達がですけどね～。でも、早めに見つかって良かったです」

「今までの迷子捜しでは最速だな」

「『さいそく？』」

「ああ、最速だ。一番早かったぞ」

「『やった～』」

最速と聞いてアレンとエレナは無邪気にはしゃいでいる。

最速記録を狙っていたわけではないが、意図せず更新できたようである。

まあ、子供のためにも早く見つけられたのは良いことだ。

「ダグラス様！　起きてください」

「……ん～」

騎士達が入口から必死に呼びかけ続け、やっとダグラス様が目覚めたようだ。

「ダグラス様、出てきてください」

「ん～。あ、エリックか、おそかったな～」

「『おそかったな～』じゃないですよ。どうしてこんなところに入り込んでいるんですか！　心配したんですよ！」

「あながあったから？」

「そんな理由で入らないでくださいよ！　中に変な生き物がいたり、穴がもっと深かったりしたら大変なことになっていたんですからね！」

「ちゃんとかくにんしたぞ」

ダグラス様とエリックという騎士は、主従関係のわりには仲が良さそうな雰囲気だ。

そして、ダグラス様は意外とお茶目な感じである。

「いい加減、出てきてくださいよ。旦那《だんな》様と奥様がご心配されていますよ」

「だしてくれ！」

エリックさんの説得に、なかなかウロから出てこなかったダグラス様がすぐさま出てきた。

「ん？　ちちうえとははうえは？」

「迷宮の外でお待ちです」

「……そうなのか」

「さ、急いで迷宮を出ましょう」

「うん」

ダグラス様はウロから出ると、周囲を見渡してご両親の姿を捜していたが、見つからずに少しがっかりした様子を見せる。

「ご協力ありがとうございました」

「ご無事で何よりです」

捜索を共にした騎士は、最初から最後まで対応が丁寧だったな～。貴族の男性——ダグラス様の父親は若干傲慢な感じだったから、その人に仕える騎士も冒険者相手なら見下したような対応をするかと思ったけれど、そんなことはなかった。

「ディルさん、僕達もこのまま入口に戻ったほうがいいんですか？」

「そうだな。早く散策に戻りたいと思っているかもしれないが、一緒に戻ってくれ」

「わかりました」

というわけで、僕達はほぼ迷宮散策をできないまま、迷宮を出ることになった。

「「ダグラス！」」

「ちちうえ！　ははうえ！」

そして、親子の感動の再会を遠目で確認した。

貴族とのやり取りは正式な捜索の依頼を受けて迷宮に入った冒険者に任せることにした。

最初があれだったんで、難癖《なんくせ》をつけられる可能性もある。なので、それを回避するためにな。

しかし、貴族夫婦のほうが僕達のほうにわざわざやって来た。

「君達がダグラスを見つけてくれたと聞いた。見つけてくれてありがとう」

「ありがとうございます」

「……いえ」

……お礼を言われて驚いた。傲慢な貴族だと思ったけど、違ったのかな？

「迷宮内では、本当にすまなかった。言い訳になってしまうが、子供がいなくなって我を忘れていたようだ」

「そうですか」

どうやら、気が動転していたようだ。びっくりするくらい傲慢さがなくなっていた。

「無礼な物言いをした分を上乗せして、お礼をしたいのだが……」

「迷宮内でやり取りしたのは僕でなく彼なので、彼にお願いします」

一緒にはいたが、僕達はディルさんの後ろでやり取りを見ていただけだ。なので、僕は上乗せを固辞《こじ》し、ディルさんへとお願いする。

「もちろん、彼にもだ。だが、ダグラスを素早く見つけてくれたのは、君達だと聞いた。その分だと思って受け取ってくれ」

「えっと……わかりました。では、ありがたく受け取らせていただきます」

そもそも迷子捜索の依頼料がどの程度なのか知らないまま捜索したんだよな～。

ここで上乗せを断り続けても長引きそうなので、素直に受け取っておくことにした。

「「おわった？」」

「うん、もう終わりだよ。ちょっとだけ手続きがいるみたいだけど、それが終わったらもう一回迷宮に入ろうか」

「「うん！」」

入って早々、トラブル？　に巻き込まれたが、僕達は気を取り直して貴石の迷宮にもう一度入ることにした。

再入場だったため、もう一度料金を支払わなければならないかと思ったが、さすがに免除された。依頼関係だったから免除されたのか、はたまたさっきの貴族が支払ってくれたのかはわからないけどな。

「「わぁ！」」

「「お？」」

迷宮に入ると、僕達は再び感嘆の声を上げた。

なんと、ダイヤモンドだった森がルビーの森に変化していたのだ。

「こんなに見事に変化するのか～」

「先ほどまでとはずいぶんと雰囲気が違うものだな～」

「「すご～い」」

しばらく入口に立って、変化した迷宮内を眺めていると、ディルさんも後ろから迷宮に入ってきた。

「お？　ちょうど変化したのか？　一日に二種類の迷宮が見られるなんて、タクミ達は幸運だな」

「そうですね。いや～、でも、こうなると余計にサファイアとエメラルドの森も気になってきましたよ」

「「はやくみた～い」」

「だな」

「ははは～、早く見られるといいな」

どうやら定期的に変化すると言っても、残念ながら何日周期で森が変化するかははっきりと決まっていないらしい。早くて数日、遅くともひと月以内に変化するようだ。しかも、宝石の種類も順繰りというわけではなく、ランダムなんだとか。

「ディルさんは攻略に行くんですか？」

「ああ、五階層で数日採掘する予定だ」

「あれ？　最初の広間の転移装置は使わないんですか？」

ここは上級の迷宮なので、行ったことのある階層なら、最初の広間にある転移装置から行けるはずだよな？

「最初の広間の転移装置は、残念ながら帰還専用なんだよ」

「え？　そういう仕様ですか？」

「そうなんだよ。何故かは知らないけどな。あ、一階層と二階層の間にある転移装置からはどの階層にも問題なく行けるぞ」

「それはまた……不思議ですね～」

……まるで一階層を見てから先に行けと言わんばかりの迷宮である。

「でもまあ、毎回ゆっくり一階層を眺めるから、問題はないんだけどな」

「まあ、この森は何回見ても楽しめそうですよね」

「「カイザー、あっちいこうー！」」

「うむ、そうだな」

アレンとエレナがカイザーを連れて歩き出したので、僕もディルさんと共に、何となく後ろを歩き始める。

「「つぎはあっちー」」

「……」

アレンとエレナが迷いなく進んでいると、ディルさんの表情が少しずつ強張《こわば》っていく。

「ちょっと待て。タクミ達はこの迷宮は初めてだよな？　間違いないよな？」

「そうですよ～」

「じゃあ、何で迷いなく下層に行く階段に向かっているんだ？」

「あ～……うちの子達、探しものが得意なんです」

「そういう次元じゃないだろう⁉」

「僕は階段の場所を知らないので何とも言えませんが、合っているんですか？」

「……おう」

子供達は間違いなく目的地に向かっているようだ。

まあ、下層に行こうとしていたディルさんが、散策している僕達と同じ方向に歩いている時点で合っているだろうとは思っていたけどな～。じゃないと、普通は途中で別れるだろう。

――ドゴーーーン！

ディルさんの呆れたような、疲れたような表情を見ながら階段に向かって歩いていたら、不意にもの凄く大きな音が響いた。

「え？　何っ⁉」

「すまぬ。よそ見をしていたらぶつかった」

「ぶつかった⁉　いやいやいや、ただぶつかったっていう音じゃなかったぞ⁉」

カイザーがあっけらかんと言うが、絶対にそんな軽い音ではなかった。何というか……トラックが突っ込んだような音だった。

「怪我は？」

「む？」

「怪我はないのか？」

「折れてしまった」

「折れた⁉　折れたってどこが？　腕？　足？」

「いや、枝だな？」

「えだ？　枝⁉」

激しく打ちつけたカイザーがどこか骨折したのかと思いきや、ぽっきり折れたのはルビーの枝のほうだった。

カイザーは僕の腕くらいの枝を申し訳なさそうに持っている。

「お、折れ、折れた⁉　え、だって、ここの宝石は割れないって……」

「……」

慌ててディルさんのほうを見ると、ディルさんが口をぽっかり開けて固まっていた。まさに絶句だ。

今は何を尋ねても、返答は期待できないだろう。

「それにしても綺麗に折ったな～。で、カイザーに怪我はないんだな？」

「うむ、大丈夫だ」

カイザーは額をさすっていたので、頭突きで折ったようだ。

……少し赤くなっているような気がするが、特に問題ないようだな。あれほどの音を響かせる頭突きを繰り出してたんこぶ一つないなんて、さすがリヴァイアサンってところかな？

「……えっと、頭突きは物理だから、問題ないでいいんですかね？」

「……ああ、そうだな」

そろそろ大丈夫かな？　と思いディルさんに質問したら、弱々しい声で返答があった。

しかし、ディルさんは立ち直っていたわけではなく、手のひらで顔を覆って俯《うつむ》いてしまった。呆れの限界を突破してしまったかな？

「アレンもとりたい！」

「エレナも！」

アレンとエレナはカイザーが羨ましかったのか、鞄からツルハシを取り出すと、木に向かっていく。

「狙うなら細めの木の枝のところにしておきな。木の幹とか岩とかの部分じゃ、ツルハシが壊れるかもしれないから危ないよ」

「「わかった～」」

アレンとエレナの採取欲に火がついたようだ。

魔法は禁止されているが道具で叩く分には問題ないって聞いていたので、子供達は好きにさせておく。

「「ていやー！」」

子供達が振り下ろしたツルハシは、――カツン……と小さな音を立てるだけ。枝に変化はない。

「どうだ？　手応えはありそうか？？」

「「むぅ……かた～い」」

子供達はツルハシをはじかれびっくりした表情をしていたが、徐々にむくれてきた。枝が折れなかったからだろう。

やはりそう簡単に折れるような感じではないみたいだな。

「む？　これが欲しいのか？　それならもっと細いところを狙ったほうが良いな。そうだな～……お、ここが良さそうだ。アレンはここ。エレナはここだ。一番細いところを狙うのだぞ」

「「うん！」」

カイザーは周囲を見渡すと、指揮棒《しきぼう》くらいの細長い枝、それもくびれ部分を狙うように子供達に指示する。

「「ていや！」」

「一度では無理だな。同じところを狙って数度叩くんだぞ」

「「は～い」」

アレンとエレナはピンポイントで枝の同じ場所をカツン、カツンと叩き続ける。あまり効果はないように見えたが、十数度目で突然、枝がポキッと折れた。

「「おれた～」」

「うわっ、折れたの？　意外と折ろうと思えば折れるものなんだな～」

まあ、アレンとエレナのように細い枝のさらに細い場所を狙い続けるのは、かなり難しいとは思うけどな～。

「っ!?」

折れた枝を拾って上に掲げる子供達を見て、ディルさんは再び固まってしまった。

「もういっかいやる～」

「カイザー、どこがいい？」

「む？　そうだな。ここところでどうだ？」

アレンとエレナは一本ずつでは満足せず、挑戦し続け、ルビーの枝を三本ずつ手に入れた。

「……タクミ、おまえ達は異常だぞ」

三本目が手に入った時には、ディルさんは頭を抱えてしゃがみ込んでいた。

「……ディルさん、大丈夫ですか？」

「……はぁぁぁぁあ～」

ディルさんが思いっ切り息を吐くと、疲れ切った顔をしながら立ち上がった。

「ああ、もう!!　タクミはAランクだったもんな。そこまでになれる冒険者は只者《ただもの》じゃない。只者じゃない冒険者の連れも只者じゃないってことだよな。そうだよな？　そういうことにしておくぞ、俺は！」

「……ははは～」

ディルさんは完全に開き直っていた。

ヘコみ続けられるのも嫌だが、ここまで完全に開き直られると……微妙な気持ちになる。

「俺も何度かハンマーで叩いてみたが、びくともしなかった。それなのに、こんなに小さな子が折るってことは、普通じゃない！　いいか！　誰もいないところでボキボキ折るのは構わないが、人のいるところではやらせるなよ！　騒ぎになりかねん！」

しかも、少し怒っている様子である。

「ディルさんもほしいの？」

「ん？　は？　え、いや……」

「これあげる～」

アレンが自分の戦利品である枝を一本、ディルさんに差し出した。

アレンはディルさんの様子よりも〝やってみたが、折れなかった〟というディルさんの言葉に注目したようだ。

「はぁ!?　いやいやいや！」

「いいよ、あげる～」

ディルさんは両手と首を思いっ切り横に振って拒否するが、アレンは枝を差し出し続ける。

「こっちがいい？」

すると、今度はエレナがディルさんに向かって枝を差し出した。

「いやいやいや！　そうじゃない！」

「「そうなの？　じゃあ、こっち？」」

アレンとエレナは別の枝に持ち替えて、それをディルさんに差し出す。

「違う！」

「「ちがうの？」」

アレンとエレナがディルさんに枝を差し出しながら不思議そうに首を傾げる。

「とにかく、駄目だ！」

「「だめじゃないよ？」」

「駄目なんだよ！　――というか、タクミ！　止めろよ！」

「わりとよく見る光景なので、止める必要はないような？」

「おい!?」

ヴァルトさんとかアル様とか……相手はその時によるが、何度か見たことのあるやり取りだ。

こういう場合、アレンとエレナが引き下がることはほとんどなかった気がするんだよな～。

「ふむ。もっと立派なものが良いのだな？　では、こちらはどうだ？」

「「あ、そうか～」」

「本当に待て!?」

カイザーも子供達の横に並び、頭突きで折った枝を差し出した。

あれは……悪乗りとかディルさんを揶揄《からか》うためではなく、本気で参戦している？　ディルさんは細いのが不満っていうわけじゃないんだけど……カイザーは何を見てそう思ったのだろう？

「アレン、エレナ、カイザー、一旦撤収《てっしゅう》」

そろそろディルさんが困惑を通り越して本気で泣きそうになっているので、僕は三人を止めることにした。

「「てっしゅう？」」

「ああ、ごめん。こっちにおいで。あまりぐいぐい行くとディルさんが困るからね」

「「そうなの？　わかった～。てっしゅうする～」」

子供達は素直に引き下がる。

「ところで、この枝さ、記念品とお土産に良さそうだよね？」

「まずはアレンとエレナの宝箱に一本ずつかな？」

「「おぉ！　そうだね！」」

「「うん！　あと、おにぃちゃんのも！」」

「うん、ありがとう」

自分達にそれぞれ一本ずつ、あと僕にも一本くれるようだ。

「「おじいさまとおばあさま！」」

「あとは～、ヴァルトにぃとロザリーねぇさま？」

「ヴェリオにぃさまとアルメリアねぇさまもいる？」

アレンとエレナはお土産にあげたい人達をどんどん挙げていく。

「ルーウェン家のみんなで一本って感じがいいと思うな。あとはリスナー家にもあげようか」

「『そうだね〜。ねぇ、おうさまはー？』」

「うん、そこは忘れちゃ駄目だね」

自分達に三本、ガディア王家、ルーウェン家、リスナー家へのお土産として一本ずつ。全部で六本なら、アレンとエレナで入手した枝で足りるな。あ、ディルさんに譲るのなら、足りないか？

「追加分を頑張る頑張らないは置いておくとして……しばらく通って、四種類全部の枝を集めたいよな〜」

「『あつめたいね〜』」

手に入るのなら、やっぱりルビー製以外の三種の枝も集めたい。

「そうなると、頻繁に迷宮を出入りしないといけないな」

「『わかった〜』」

「我も了解だ」

最長で三カ月くらいの滞在になるのかな？

運良く数日で変化してくれると嬉しいのだが……何となくだが、変化してくれるような気がするので、迷宮攻略をしていても出入りはするようにしよう。

「いっぽんたりないから」

「とってくるね〜」

「ディルさんも見ていたと思いますけど、僕は一切関与していないんですよね～」

「いいだろう⁉　兄なら受け取ってくれ！」

「えっと、返すのなら子供達にお願いしますね」

「え？　えぇ～！　タ、タクミ、返す！　返すぞ！」

しかも、子供達は無理やりディルさんに枝を持たせると、さくさくと先に進み始める。

「それじゃあ、いこう～」

「はい、もってもって～」

子供達が撤収して安堵《あんど》していたディルさんは、再び困惑の表情をしていた。

そして、思っていた通りディルさんに枝を差し出す。

「……えぇ～」

「「はい、どうぞ！」」

二人はあっという間に追加の枝を手に入れると、それを持ってディルさんの元へ向かう。

「「とれたー！」」

……ディルさんの分かな？

今後の予定を決めたところで、アレンとエレナは枝の採取に向かった。

「うむ……そこが良いかな？」

「「カイザー、どこがいい？」」

悲しいことに、僕は取りやすい枝を探すどころか、打撃の一発も当てていないんだよね～。なので、枝をどうこうするかの権利は有していないのだ。

「さて、子供達が先に行ってしまったので、追いかけましょうか」

「……」

僕が子供達を追うと、渋々《しぶしぶ》……といったふうな表情でディルさんは枝を持ったまま歩き始める。

「なぁ、これ……」

「「だめ～」」

「駄目じゃなく……」

「「いや～」」

「嫌でもなくてな……ってか！　せめて最後まで言わせてくれよ！」

歩きながらディルさんがアレンとエレナに枝を差し出し、必死に返そうとしている。だが、子供達は取りつく島がない。

「タクミ、子らとあの者は何をしているんだ？」

「あの枝は、僕達にとっては価値があるものだからディルさんは遠慮して、貰うわけにはいかないって、子供達に返そうとしているんだ」

「我もこういうキラキラしたものは集めるが、人も好きなのだな。やはり、お金になるのか？」

「もちろん、価値はあるだろうね～」

「おぉ、それならたっぷり集めないといかんな！　これで美味しいものを買わなくては！」

カイザーは自分と人族の価値観が同じだと再確認すると、歩きながら細めの枝をポキポキ折っていく。

……簡単に折っているように見えるが、あれはカイザーだからできる荒業《あらわざ》だろう。

「……カイザー、お願いだからその辺で止めておいて」

「む？　これで足りるのか？」

薪を集めるかのように片腕に枝を積んでいく様子を見て、さすがの僕も胃がきゅっと縮んだ。

「誰かに見られないうちにしまっちゃって」

「うむ。では、タクミ」

カイザーもマジックリングを持っているので、それに収めるように言ったのだが、カイザーは何故か枝を僕のほうに差し出してくる。

「それはカイザーのだろう？」

「我のは記念に一本あれば良い。あとは我の生活費などにタクミが活用してくれ」

「……」

価値はあるとは言ったが、売ったら騒ぎになりそうなものなので、僕が持っていても秘蔵一直線である。

「生活費は足りているから、それはカイザーが持って帰って」

「いや、駄目だ」

「駄目？　何でさ！」

「我がタクミにあげたいからだ！」

「はぁ!?　いやいやいや、記念用なら、僕も貰っているから大丈夫だよ！」

「駄目だ。それでは足りぬ！」

「えぇ～」

僕とカイザーのやり取りが、子供達とディルさんのやり取りと同じことになっている。

僕はまだ受け取っていないけどね！

「「あった～」」

「ちょっと待て！」

「「や～」」

そうこうしているうちに、子供達が二階層に向かう階段を見つけ、ディルさんから逃げるように階段を駆け下りていった。

「「ついた～」」

「子供!?」

「何だ、何だ？　あ、ディルも一緒か？」

一階層と二階層の間にある転移装置の間には警備の人がいて、子供達の姿を見て驚きの声を上げていた。

ここには観光客が間違っても二階層に行かないように、警備がいるんだったな～。忘れていたよ。

二人の警備の人達は驚いていたが、ディルさんとは顔見知りだったようで、一緒にいることで納得した様子を見せた。

「ディル、子供と一緒ってことは、今日は採掘に行くんじゃなくて護衛の仕事か？」

「い、いや、違うんだ。俺はたまたま行く方向が一緒だったから同行するような感じになっただけで……」

「ん？　じゃあ、子供の護衛はそっちの二人か？　いや、一人が保護者で、一人が護衛か？　どちらにしろ、見たことのない顔だな」

この迷宮はここを通らないと他の階層に行けないからか、ある程度冒険者の顔は覚えているんだろうな。

「ガディア国から来た冒険者のタクミです。ディルさんとは迷宮の入口で会いまして、ここまで一緒に歩きながらいろいろと教えていただきました」

とりあえず、僕は名乗っておく。

「あ、そうなのか。子供を連れて冒険者とは大変だな～」

「うちの子達は戦えますから、大変ではないですね」

いや、戦いを止めたりするほうには大変か？

「ディ、ディル⁉　おまえの持っているのって、も、もしかして‼」

「っ‼」

大変の定義について考えていると、警備の人達が目敏《めざと》くディルさんが持っていたルビーの枝に気がついた。

ディルさんは慌てて背に枝を隠そうとするが……無駄だよね。完全に見られている。

「お、おい！　子供達も持っているぞ！」

「あっちの奴は尋常じゃない量を持っている」

しかも、子供達は手に入れた戦利品を持ったままだし、カイザーも僕と押し問答をしていたので、大量にあるルビーの枝はまだ腕に抱えたままだった。

さすがに僕の分とお土産用のものは、《無限収納《インベントリ》》に収納済みだけどね。

「ほ、本部に連絡‼」

「い、いや、本部に連行のほうが早いぞ！」

「え？　連行⁉」

あれ？　枝の持ち出しは禁止だった⁉

「違う！　間違えた！」

「あれだ、あれ。ご同行。本部までご同行お願いします！」

警備の人達……微妙にパニックになっているな～。

「えっと……とりあえず、深呼吸でもして落ち着いてもらえますか？」

警備の人達はしきりに頷くと、僕の言う通りに深呼吸を繰り返す。

「すまない」

「もう大丈夫だ」

「じゃあ、最初に確認しますが、枝の持ち出しは犯罪行為じゃないんですよね？」

「ああ、それは大丈夫だ。『折れるものなら折って持っていきやがれ！』というのが、宣伝文句だからな。あ、でも、魔法は駄目だぞ」

「……魔法は使っていませんので大丈夫です」

何と言うか……もの凄いキャッチコピーだな～。

「ああ。一階層で破壊力のある魔法を使っていたら、俺らに感知できる仕組みがあるから、使っていないことはわかっている。あ、仕組みについては部外秘だから聞くなよ」

「……了解です」

まったくもって気づかなかったが、大掛かりな仕組みがあるようだ。

だがまあ、そうだろうな～。でないと、広い迷宮内なら目撃者のいないところで魔法を使う者が多発しそうだしな。

「違反していないことはわかっているが、ここの枝を折った者は数年？　いや、十数年は出ていないはずなんだ。なので、申し訳ないが、このまま俺達と本部に行ってくれないか？」

「子供達も冒険者ですよ？」

「冒険者ならここでギルドカードを見せてくれれば行けるが、子供と一緒なら別だぞ」

「え、許可証!?　冒険者なら行けるんじゃ!?」

「許可証は持っているのか？」

するると、警備の人達は不思議そうに首を傾げた。

「ええ、そのつもりです」

「え、君達は下に行くつもりだったのか？」

迷宮攻略をする気満々だった子供達は、少し頬《ほお》を膨《ふく》らませる。

「「むぅ」」

「今日は無理かな」

「「えぇ～、にかいそうは～」」

「アレン、エレナ。そういうわけだから、本部に行くよ」

枝の買い取り交渉がしたいんだな、きっと。これは避けて通れなそうなので、一緒に本部とやらに行ったほうがいいかな？

「まあ、それもあるが、交渉されると思う。無理だと言われているが、ここの枝を欲しがっている者は多いからな」

「枝を折った経緯を説明しろってことですか？」

「未成年の冒険者は許可証が必要なんだよ。そもそも冒険者が危険な場所に行くのは自己責任なんだが、一応ここは国が管理しているからな。未成年だけは制限を設けたってわけさ」

「えぇ!?」

……まあ確かに、この迷宮は凄いものが手に入りそうだから、上級迷宮を探索できる実力がない者でも行きそうだよな～。なら、当然の措置《そち》か。

許可証か～。本部に行ったら貰えるのかな？

「許可証は本部で貰えるんですか？」

「ああ、本人と同行者のランクや実績などを見て発行されるぞ」

「なるほど」

どう転んでも本部には行かないといけないようだ。

「というわけだから、アレン、エレナ、やっぱり一旦本部に行かないといけないみたいだな」

「「……わかった～」」

こうして僕達は、また短時間で迷宮を出ることとなった。

◇　◇　◇

《カイザー、大変だ》

《む？　タクミ、どうかしたのか？　近くにいるのに念話とは》

ちょうど交代時間だということで、僕達は勤務の終わった警備の二人と一緒に迷宮を出て本部に向かっていた。あ、ちなみにディルさんも一緒だ。

《カイザーの身分証がないから、このまま一緒に街に入ろうとすると厄介なことになりそうな気がする！》

《あ、そうであったな》

僕や子供達が初めて街にやって来た時のように、犯罪履歴《りれき》などを確認して仮の身分証を発行して貰えば問題ない。だが、あの魔道具がカイザーにどう反応するのか不明すぎるのだ。

僕達が初めて街に行った時だって、子供達が魔道具にどう反応するのかドキドキしたもんだ。

「すまぬ。我は少々用を思い出した。あとで合流する故、先に行っていてくれ」

「ああ、わかった。けど、本部の場所はわかるか？」

「うむ、問題ない」

カイザーは警備さんに断りを入れると、僕達から離れていく。

《タクミ、一瞬でよいので人目のないところに来られるか？　我は影に入るぞ》

《了解。カイザー、ごめんね》

《何、このくらい気にするでない。むしろ、我がタクミに手間を掛けさせているのだ》

「あ、ごめん。カイザーに渡すものがあった。すぐ戻るから歩いていて」

「『は〜い』」

カイザーを追いかけるふりをして、物陰でカイザーに影に入ってもらう。

「『おかえり〜』」

「うん、ただいま」

そして、何食わぬ顔をしてみんなのところに戻り、無事に街に入った僕達は、いよいよ本部とやらに向かった。

「着いたぞー」

到着したのは、立派な建物だった。

「『ここー？』」

「ああ、そうだぞ。ここが迷宮管理本部だ。ちなみに、冒険者ギルドは隣だ」

「『ほんとうだ〜』」

迷宮と冒険者は切っても切れぬ関係だから、連携《れんけい》が取りやすいように近くに設置したのかな？

「本部長はいますか？　至急で、大事の案件です」

警備の人は受付に向かうと、本部長の所在を確かめていた。

……やっぱりと言うか何と言うか、枝の入手についてはトップの人が出てくる案件なんだな〜。

「は、はい、いらっしゃいます。手が空《あ》くかすぐに確認してきますね」

受付嬢は、警備さんの剣呑《けんのん》な雰囲気に慌てたように本部長の元へと走っていった。

「何かありましたか？　後ろの者達についてですか？」

すると、すぐに五十代くらいの男性が、何があったのか確認しに来た。あの人が本部長かな？

「あれ、副本部長？　本部長はいらっしゃらないんですか？」

……どうやら彼は副本部長だったらしい。

「私はどのような案件か伺いに来ただけの使い走りですよ。それで、何がありました？」

「さすがにここではちょっと……」

「そうですか。では、本部長室へどうぞ」

さすがに他にも人がいるところで話すと騒ぎになりそうなので、警備さんが躊躇《ちゅうちょ》してくれて助かったよ。

「あっ！」

ここまで成り行きに任せていたディルさんが、突然声を上げた。

「ディル、どうしたんだ？」

「冒険者ギルドのマスターも呼んだほうがいいんじゃないですか？」

「ああ、それもそうだな。何度も説明するのは嫌だしな。ディル、呼んできてもらえるか？」

ディルさんと警備さんの意見が一致し、ディルさんは慌てて本部から出ていった。

「それほどまでの案件ですか……聞くのが怖いですね」

「かなり衝撃的ですよ」

冒険者ギルドのギルドマスターを呼ぶという話になると、副本部長が唖然とした様子を見せる。

……というか、とりあえず街に入ってここまで僕は口を挟む暇がなかった。

それから僕達は副本部長について行き、奥のほうの部屋に案内される。

「本部長、冒険者ギルドのマスターも呼んでくるような案件だそうです」

「それはそれは……なかなかの案件っぽいね。早く聞きたいところだが、冒険者ギルドマスターを待ったほうがよさそうだね」

部屋で待っていた本部長は、副本部長より若い、三十代後半くらいの男性だった。

「そっちの子連れの君は……冒険者かな？」

「そうです。ガディア国から来たばかりの冒険者のタクミです」

「アレンです！」

「エレナです！」

「ガディア国からか！　どうりで見たことがないはずだ。私は『貴石の迷宮』の管理本部の長、イーサン・ルシアス。よろしく」

……何となくだが、物腰的に貴族っぽいかな？

「よろしくお願いします。えっと、情報に疎《うと》くて申し訳ないのですが、この本部は国の施設で、官《かん》吏《り》の方……ということで間違いないですか？」

「全員ではないけど、事務のほうも警備のほうも上の人間はだいたいそうだね。ちなみに、私は城の財務からの派遣って形でここの役職に就いているよ」

「へぇ～、そうなんですね」

国が援助しているとかではなく、がっつり国の組織のようだな。

「お邪魔するわよ～」

「……」

本部長と話していると、金髪のサラサラの髪をなびかせ、ばっちりメイクをしている美形の人が部屋に入ってきた。……ぱっと見は女性だが、たぶん細身の男性だと思う。

「おにぃさんだけど？」

「おねぇさん？」

「ちょっ!?　アレン、エレナ!?」

僕が性別で悩んでいると、アレンとエレナが本人にずばっと聞いてしまった。

「あらあら、最近は周囲の人間に確認する人がほとんどだから、直接聞いてくるのは珍しいわね。二人のお名前は？」

その人は微笑を浮かべて子供達に尋ねる。

「アレンです！」

「エレナです！」

「「よろしく！」」

「はい、よろしく。素直なあなた達には、ちゃんと答えてあげるわ。私は普通にお兄さんよ。ただ着飾ることが好きなの。だから、こういう格好もするし、もっと男性っぽい格好もするわ」

「「そうなんだ～」」

「そうなの。私はクリストファー。クリスちゃんって呼んで」

「「わかった！　クリスちゃん！」」

「あら、本当に素直ね。とても気に入ったわ～」

そして、あっさりうち解けてしまった。

「で、お兄さんは、冒険者ね？」

「……タクミです。弟と妹が不躾《ぶしつけ》ですみません」

「あのくらい可愛いものよ。気にしていないわ」

ギルドマスターは本当に気にしていない様子だが、何だか申し訳ない気持ちになる。

「それで、どうして呼ばれたのかしら？　相当な案件だと聞いたのだけど？」

「それは私もまだ聞いていないんですよね」

「あら、そうなの？」

いよいよ本題……となりそうだったので、その前に僕はアレンとエレナに念話を送った。

「「あっ！」」

二人は僕の注文の通り、部屋を出ていった。

「すみません。連れがもう一人いまして、今来たみたいなので連れてきますね」

僕は子供達の後を追い、一旦本部を出て人の見えないところでカイザーを呼び出した。

「む？　早かったのだな。話し合いとやらはもう終わった……のではなさそうだな。まだ街の中みたいだしな」

「カイザーにも話し合いというか、説明の場？　に参加してもらったほうが良いと思って、子供達に頼んで時間を作ってもらったんだ」

「そうなのか？　我が参加すると、余計なことを言ってしまう可能性が増えないか？」

「……それはそれで困るんだけど、そもそも僕は枝を一本も手に入れてないからね。カイザーがいないのも困るんだ」

「ふむ、そうなのか」

ルビーの枝を手に入れたのは、主にカイザーだ。あとはアレンとエレナだが、二人が打撃を与えた箇所を選んだのもカイザーだった。なので、説明の場にはいてもらったほうがいいだろう。

「とりあえず、一緒にいて。受け答えは主に僕がするから、相槌《あいづち》を打ってくれればいいから」

「ふむ、わかった」

「手間だろうけど、お願いね」

「了解した」

上手いことカイザーと合流した僕達は、もう一度本部長室へ向かった。

「タクミ殿、申し訳ない。直ちに体制を見直しておきます」

「ん？」

そして、僕達が部屋に戻ると、入ってすぐに本部長から謝罪された。

「受付でタクミ達が注意事項の説明がされなかったっていう話をしておいたんだ」

そう言って肩をすくめるディルさん。どうやら僕達がいない間に、初回の説明をしてもらえなかったことを伝えていたようだ。

「ああ！　すっかり忘れていました」

「わ、忘れていたのか？」

「そうですね。衝撃的なことがありすぎて？　ディルさんこそ、よく覚えていましたね」

「衝撃的なことは……確かにあったが、忘れちゃ駄目だろう」

「ディルさんのお蔭で違反しないで済みましたからね」

「「ディルさん、さまさま～」」

「アレン、エレナ!?　どこで覚えてきた!?」

「「どこだろうねぇ～」」

アレンとエレナが、僕とディルさんのやり取りに茶々《ちゃちゃ》を入れてくる。

「楽しい子達ね」

「本当だね」

僕達のやり取りを見たギルドマスター、本部長、副本部長がくすくすと笑っていた。

「あ～……っと、受付の件は、僕達は気にしていないので、初めての人用の列を作るとか、対処してくれればいいです」

「しっかり対応します」

これで今後は禁止だということを知らずに違反してしまう人はいなくなるだろう。

「ところで、それが今回の案件？　大事な案件と言えばそうだけど、私が呼ばれるほどの案件ではないわよね？」

「いえいえ、本題は違いますよ！　もっと驚くような内容です！」

「あら、そうなの？」

今までの内容は迷宮管理本部のことに対してで、冒険者ギルドにはまったく関係ないことなので、ギルドマスターが不思議そうに首を傾げていた。

「これですよ、これ！」

「「っ!!」」

ディルさんがアレンとエレナに押しつけられ、未だに返せずに持っていたルビーの枝を鞄から取り出し、机の上に置いた。

すると、初見の三人は息を呑《の》み、ディルさんと警備さん達は〝どうだ、驚いたか〟と言わんばかりの表情をしていた。

「ほ、本物ですか!?」

「ディル、あなたが採ったの!?」

「違いますよ！　俺じゃないです！　こいつらです！」

ディルさんが自分の鞄から取り出したからか、ディルさんが採ったのだと思われていた。

だが、ディルさんは即座に否定。僕達のほうを指差してくる。

……しかも〝こいつら〟ときた。僕は関係ないんだけどな〜。

「ゆびをさしたら！」

「だめなんだよ！」

「あ、すまん」

いつも僕に指を差しては駄目だと注意されているアレンとエレナが、すぐに注意する。すると、ディルさんは素直に謝る。

「しかも、大量に採っていましたからね！」

しかし、興奮したように説明は続ける。

「これだけじゃないの!?」

「アレンももってるー！」

「エレナもあるよ～」

「「っ!?」」

そして、嬉々《きき》としてアレンとエレナが、鞄から枝を取り出して掲げた。

《我も出したほうが良いのか？》

《それはやめようか》

《うむ、承知した》

子供達に続いたほうが良いかと、カイザーが念話で確認してくる。

カイザーが手に入れた枝を全部ここに出したら、収拾がつかなくなりそうなので出す前に確認してくれて本当に良かったよ。

「ど、ど、どうやって折ったんですかぁ!?　説明を受けていないっていうことは、魔法で？　いや、でも、違反せずに済んだと言っていましたね。すると、物理？　物理で!?」

「「これでー」」

激しく混乱している本部長に見せるように、アレンとエレナが鞄からツルハシを取り出す。

「ツルハシ!?　え、ちょっと待ってください。子供達が採ったんですか!?」

「「とったよ～」」

「「「「えぇ!?」」」」

……子供達が枝を採っただなんて、まったく予想していなかっただろうな。

ここで枝の存在を今知らされた三人だけじゃなく、警備さん達二人も一緒に驚いていた。

「間違いないですよ。俺の目の前でぼっきり折っていましたからね。それに、こっちの彼なんて、素手でボキボキ折っていましたよ！」

「「「「っ!?」」」」

驚く五人は、子供達からカイザーに、そして何故か最後に僕のほうに視線を移してくる。

「僕は採ってないですよ」

「「「「……」」」」

なので、変に勘繰《かんぐ》られないうちに正直に自己申告をしておく。

採ってないものは、採っていない！

「えっと、枝を手に入れたのが久しぶりなのはわかりました。それで、どうすれば？　枝を売ればいいんですか？」

「「えぇ～、これはだめ～」」

枝を売るという話を振ったら、アレンとエレナは持っていた枝を隠すように抱え込んでいた。

「ああ、うん、それはアレンとエレナのだからもう鞄にしまっておこうか」

「「おみやげもだめ～」」

「お土産に持って帰る分は、僕が預かっているから大丈夫。売るとしたら、カイザーが採ってくれたものになるから」

「「それならいい～」」

「うむ！」

カイザーはもともと売ってもいいと言っていたので、鷹揚《おうよう》に頷いていた。

「「あ！　ディルさんのもだめ～」」

「ん？」

「あげたやつ～」

「うっちゃだめ～」

「えっ？　これ？」

ディルさんは自分が取り出した枝を指差して目を丸くする。

「「それ！」」

「これはおまえ達のだろう!?」

「「ちがーう！　ディルさんの～」」

ディルさんにあげた枝は売らずに記念に取っておいて……というのが、子供達の意見らしい。

「あら、ディル、凄いものを貰ったのね～」

「え、違いますよ！　貰っていません！　えっと……今は持たされているだけです！」

「「あげた～」」

「いや、絶対に返す！」

「「や〜」」

どっちも譲る気はなく、子供達とディルさんの押し問答は終わりそうにない。

「タクミ殿、あれは止めなくて良いのかい？」

「ん？　止める必要がありますか？　仲良く遊んでいるだけですよね？」

「いやいや、やり取りのほうじゃなくて、枝をあげると言っているほうだよ」

子供達とディルさんのやり取りを見て、本部長が困惑顔で僕のほうを見てくる。

「別に構わないですよ？」

「……えぇ」

たぶん、枝はタダであげるものじゃないと言いたいんだろうけれど、すっとぼけておく。すると、本部長は唖然とした。

「タクミ！　のんびりしてないで保護者なら止めろよ！」

「僕が止めても止まりませんので、ディルさんが諦めてください」

「「あきらめろ〜」」

「諦めるわけがないだろう！　ってか、諦めるってなんだよ！」

ディルさんはわざわざ僕の背後までやって来ると、両肩を掴《つか》んで激しく揺さぶってくる。

「「ていや！」」

すると、僕とカイザーの間に座っていた子供達が、椅子《いす》の背もたれを飛び越えてディルさんに飛びついた。

「うわっ！」

「「うみゅ～」」

「アレン、エレナ、別に虐《いじ》められたわけじゃないから、ちょっとだけにするんだよ」

「「は～い」」

子供達に飛びつかれたディルさんは、驚いて数歩後退《あとずさ》ったが倒れはしなかった。

ただし、アレンとエレナはそんなディルさんの頬を引っ張っていた。

「ちょっ⁉　やめ、やめて⁉」

「「もうちょっと～」」

「えぇ⁉」

ディルさんは子供の扱いには慣れていないのか、無理やり子供達を剥がすこともできずにあたふたしていた。

「はいはい、そろそろ戻って座りな～」

「「は～い」」

しばらくしてから僕が声を掛ければ、子供達は素直に戻ってきて椅子に座る。

「ふふふっ、本当に良い子ね」

「「ありがとう」」

ギルドマスターに褒められてアレンとエレナはお礼を言いながらにっこりと笑う。

「「ねぇ、クリスちゃん」」

「あら、何かしら？」

「「おねがいがあるの～」」

「お願い？」

「「うん！」」

「あのね、アレンたちね～」

「にかいそうにいきたいの～」

「うん？」

「「きょかしょう、ちょうだい？」」

アレンとエレナが突然、ギルドマスターに迷宮の二階層に行くための許可証を強請《ねだ》りだした。

「アレン、エレナ、許可証を出してくれるのは、本部のほうじゃないかな？」

「「そうなの？　――ほんとう？」」

僕が言うと、子供達は不思議そうにギルドマスターと本部長の顔を交互に見る。

「そうね～、未成年冒険者の二階層以降への許可証自体は迷宮管理本部のほうが発行するわ」

「「そっか～。――じゃあ、ちょうだい？」」

ギルドマスターじゃないとわかると、今度は本部長に向かって強請《ねだ》りだした。

「え!?　いやいやいや、許可証は未成年とは言っても成人間近の年齢の者にしか発行したことがありませんよ!?　君達にはちょっと……」

「「えぇ～」」

「アレン、Cランクだよ～」

「エレナもCランク～」

「「だめなの～？」」

「「「「「Cランク!?」」」」」

子供達のランクを聞いて、漏れなく全員が驚いた声を出す。

「嘘《うそ》でしょう!?」

「「うそじゃないもん！　ほら～」」

心外だと言わんばかりの表情をした子供達は、鞄からギルドカードを取り出してギルドマスターに見せつけていた。

「偽装《ぎそう》カード!?」

「いや、本物ですよ!?」

僕は黙って見守っていたが、偽装カードを疑われてさすがに口を挟む。

「その歳でCランクだなんて、どんな裏取引をしたのよ!?」

「いやいやいや！　していませんよ!?」

　偽装の次は、裏取引ときたよ！

「はぁ……冒険者ギルドは裏取引に応じるような組織なんですか？」

「しないわよ！　言ってみただけよ。だって、そう思うほどのことですもの！」

「まあ、うちの子達がCランクだっていうのは、普通のことじゃないとは思いますけどね！」

　一般的に、Dランクになれば一人前の冒険者と言われる。Cランクということは、それよりも上だ。子供がそうそうなれるようなランクではないのはわかっている。聞いた相手が驚くのもわかるが……端《はな》から偽装や裏取引を疑われるのは、ちょっとどころかかなり嫌だ。

「ふつうじゃない、よくいわれる～」

「あとね、きかくがいもいわれる～」

「「おにぃちゃんが！」」

「ちょっと!?　確かに言われているけど！　あれはアレンとエレナも込みでのことが多いからね？」

「「えぇ～」」

　普通じゃない、規格外、デタラメ……言われているのは、決して僕だけじゃない！

「……あなた達全員が、普通じゃないってことはよくわかりました」

　本部長が深々とため息を吐いた。というか、僕達以外の全員がため息を吐いている。

「「きょかしょう、もらえる？」」

「そうですね。Cランクの冒険者でしたら実力は問題なく、許可証は発行できます。年齢さえ考慮《こうりょ》しなければね！」

「「こうりょ？　しないで！」」

「ははは～、わかりました。考慮しません。ですが、制限はつきますよ」

「「せいげん？」」

「はい、お兄さんが同行していないと駄目です。絶対に二人だけでは行かないでください。というか、行けないように備考欄にしっかりと記入しておきます」

「「りょうかいです！」」

アレンとエレナが本部長から見事に許可証をもぎ取った。

子供達だけで迷宮に行かせることはしないから、制限もほぼ関係ないよな～。

「そうだ、冒険者じゃない人の場合、許可証ってどうやったら貰えるんですか？　実力の証明をすればいいんですか？」

「ん？　タクミさん達は冒険者ですよね？」

「僕だけですね。彼、カイザーは冒険者じゃありません。まあ、そこら辺の冒険者よりは強いですけどね」

「え、冒険者じゃないんですか!?　一階層の枝をボキボキ折るような人なのに？」

皆さんがぎょっとしたようにカイザーを見る。

「ボキボキ折れても冒険者じゃないんですよ。えっと、諸事情で？」

「諸事情？　それで冒険者にならないってことは、何か悪いことでも……」

「していませんよ！」

悪いことをして冒険者にならないって、犯罪者かい！

まあ、事情があって登録できないって、どうしても悪いほうの事情を想像しちゃうだろうな～。

「えっと、あれです。血筋の問題？」

「血筋？　彼は王族か何かで、身分を隠して行動中ですか？」

「王族ではないですけど、大っぴらにできない感じなのは確かですね」

王族ときたよ～。あ、でも、水竜王だから、王で間違いないか？

「受付で登録するのが駄目なだけなら、私が登録しましょうか？　私だけは情報を知ることになるけれど、他言しないと約束するわよ？」

「あ～……」

「あら、それも駄目なの？」

ギルドマスターの申し出はありがたいが、それも駄目そうだよな～。

それで問題ないのなら、ガディア国の王都のギルドマスターであるアンディさんにお願いするほうがいいんだよな～。アンディさんの場合、騒ぐというよりはしゃぎながら登録してくれそう。

「それなら、あとは推薦状ね」

「推薦状ですか？」

「他国の騎士が国の推薦状を持って迷宮に挑みに来ることもあるのよ～」

「なるほど」

ここほどの迷宮なら、他国から派遣があっても不思議ではないな。

そして、戦闘力があろうとも騎士なら、冒険者と違って実力を証明するものはないはずだ。そこで国からの推薦状か。

「それならどうにかなりそうですね」

ガディア国の王様、トリスタン様に頼めば、推薦状は貰えそうな気がする。お願いしてみよう。

「王族なら推薦状も簡単よね～」

「いや、だから王族じゃないんですけど……もう、そんな感じでいいです」

このまま誤解してもらっていたほうが良さそうなので、否定し続けるのをやめた。

「タクミ、良い考えがあるぞ！　この枝と許可証の交換というのはどうだろう？　これが欲しいのであろう？」

カイザーがマジックリングからルビーの枝を取り出し、本部長の前に置いた。

問題が解決しかけたところで、カイザーが問題を放り込んだ。

「今、話が纏《まと》まりかけていたよ!?　ってか、それだと賄賂《わいろ》っぽくない!?」

「そうであったか？　だが、良い案だと思わないか？」

「いや、だから、それは賄賂だって」

「ワイロとは何だ？　駄目なことなのか？」

「……」

リヴァイアサンは賄賂を知らなかった。

「とりあえず、あまり良い印象にはならないから、やらないように」

「うむ、了解した」

「というわけで、彼の許可証に関しては推薦状を用意してきます」

許可証を貰えたほうがいいが、貰えなかったらカイザーは影に入れたまま二階層に進めばいいので、許可証の話はここら辺で終わらせることにした。

そして本題を切り出す。

「すみません、思いっ切り話が許可証のことに逸れましたが、枝をどうするかっていう話をしなくてはならないんですよね？」

子供達のおねだりから話が逸れて、肝心の枝をどうするかを一切話していないのだ。それについて話し合わないと帰れないような気がする。

「ちなみに……ですけど、枝の価格って決まっているんですか？」

「ええ、目安は決まっているわよ」

「「めやすー？」」

「ええ、そうね。目安よ。だって手に入れることができなかったんですもの。だから、一階層の木を直接鑑定して、四種の宝石の価値を出してあるのよ。だから、もし万が一手に入った場合は、重さを量って価格を出すことになっているわ」

なるほど、グラム単位で取引するって感じなんだな。

「欠片《かけら》でも常日頃から手に入っていたら違ったのでしょうけどね」

「欠片？　小さいほうが良いのか？」

「「「「「っ!?」」」」」

カイザーはテーブルに出してあった枝を手に取ると、唐突《とうとつ》にバキッと半分に折った。

「これでは大きいか？」

「「「「「えぇ～～～～～!!」」」」」

みんなが唖然としていると、半分ではまだ大きいのかとボキボキ細かくしていった。さすがにその行動に、僕と子供達以外は叫んでいた。

「カイザー、そろそろやめてあげて」

「ん？　このくらいで良いのか？」

「良いっていうか……折らなくても良かったかな～」

「そうなのか？」

僕が止めた時には三十センチほどあった枝が、五センチほどになっていた。一番細いものなんて爪楊枝《つまようじ》のようだ。

みんなはもう声も出せないとばかりに、両手で顔を覆いながら俯いていた。

「えっと、そのな……すまなかった」

みんなの様子を見て、カイザーは自分がやったことがまずかったと思ったのか静かに謝罪した。

「いえ、いいんですよ。それは現時点ではあなたの所有物なのですから、どうしようと自由です。ただ、少し衝撃的だっただけです」

いち早く立ち直ったのは、本部長だった。

「『これ、もうつかえない？』」

「ん？　いや、宝石なんだからそんなことはないと思うよ」

枝のままだったら、そのまま飾るとかなんだろうけど、細かいものなら装飾品に加工とかできるはずだ。ただ、普通の宝石よりは硬いみたいだから、削ったりできるかは不明だけどな。

「そうですね。欠片でも手に入れたいと思っている方は大勢いますから、売却の意思があるのであれば喜んで引き取りますよ」

「本当にすまぬことをした。詫《わ》びとしてこの欠片は貴殿達に差し上げよう」

「はぁ!?」

「ディルは持っているので除外するとして、五人だな」

カイザーは折った欠片を一つずつ本部長達五人の前に置いていく。

「二つ余ったな」

「「カイザー、ちょうだい」」

「ん？　これか？　良いぞ」

欠片は七つあったようで、残った二つはアレンとエレナの手に渡る。

「タクミ殿？　これはどういうことですか？」

「ははは～、良かったですね。言葉通り、欠片になったものは皆さんそれぞれに配るそうですよ」

もう止めるのも面倒になってきたので、カイザーの好きなようにさせることにした。

枝はカイザーのものだしな。

「いやいやいや！　タクミ殿、何を言っているんですかっ!!」

「そうよ、タクミさん！　何を言っているのよ！」

「いや、僕が言っているわけじゃないですよ」

「黙って見ていないで止める場面でしょう！」

「あなたが責任者でしょう！」

「えぇ～、そんなぁ～」

だがしかし、何故か僕が責められる。特にギルドマスターと本部長の目は怖い。

「「ねぇ、おれないの～」」

「ちょっと、何しているのよ!?」

「「ん？　ちょうせんちゅう？」」

僕が責められていた最中、アレンとエレナが爪楊枝サイズの欠片を折ろうと頑張っていたようだ。

「固かった？」

「うん、かたーい」

「カイザー、すごいね～」

子供達では素手で折ることはできないようだ。まあ、枝をツルハシで折る時、何度も打ちつけていたことだし、やはりそれなりの力が必要なのだろう。

「「おにぃちゃんはできるー？」」

「えっと、どうだろう？　貸してみて」

「はい」

僕はアレンから枝の欠片を受け取ると、試しに折り曲げてみる。

「あっ！」

「「おぉ～」」

「「「「「えぇ～」」」」」

すると、意外と簡単にポキッと折れた。

アレンとエレナは嬉しそうな声を、他の者は驚愕《きょうがく》の声を出していた。

「これ、そんなに簡単に折れるものではないでしょう！」

「無理よ！　絶対に無理！」

僕が折ってみせたからか、全員が配られた欠片を手に取り、折ろうとする。だが、まったくもってびくともしないようだ。

しかも、ディルさんもわざわざエレナから欠片を受け取って試していた。自分が持っている枝で試すのはさすがにできなかったようだ。

「ほら、本部長とギルドマスターが持っている欠片のほうが太いから折れないだけですよ～」

「そんなわけないじゃない！　っていうか、私のことはクリスって呼びなさいよ！　ギルドマスターなんて堅苦しい呼び方をあなたにされるのは何だか嫌だわ！」

「え～」

組織の長を呼ぶのに役職名を使うのは普通のことだと思うのだが、ギルドマスター改め、クリスさんが憤《いきどお》った様子で、呼び方の改善を求めてくる。

「私も同感です！　タクミ殿、私のことも今後は、イーサンと呼んでください」

本部長のほうも同様に改善を求めてくる。

「あ、言っておきますが、くれぐれも〝さん〟付けだけはしないようにお願いします！」

「え？　……あぁ、イーサンさん」

「しないように言いましたよね!?」

「……ははは～」

「「イーサンさん～」」

「だから、そう呼ばないでください！」

「「ははは～」」

確かに〝イーサン〟という名に〝さん〟付けは微妙な感じになる。

だが、役職持ちの人を親しげに呼び捨てにはできないので、彼のことは〝イーサン様〟か〝イーサン殿〟がいいかな？　〝様〟のほうは何か言われそうだから、ここは〝殿〟がいいな、きっと。

「イーサン殿、クリスさん。これでいいですね」

僕が名前を呼び直すと、二人は満足そうに頷いた。

「改めて、枝の買い取りの意思ありますか？」

「あります！」

「あるわ！」

「カイザー、とりあえず両方に三本ずつ、六本くらい売りたいんだけどいいかな？」

「うむ、我は構わないぞ」

カイザーが抱えるくらい集めた枝の中から、六本だけ売ってくれるように頼んだ。

「「っ～～～」」

カイザーがマジックリングから枝を取り出すと、イーサン殿とクリスさんが声にならない声を出した。

「これだけあると圧巻ですね～」

「凄いわ～。夢のようよ」

感動しながら枝を眺めていた。それも、うっとりと。

「あの……暗くなる前に帰りたいんですけど……」

「ああ、そうだね。そうなんだけど……」

僕が暗に早くしてくれと伝えるが、イーサン殿は言葉を濁《にご》す。ゆっくりと見たいのだろう。

「じゃあ、預けていきますので、査定の結果などは明日っていうことでいいですか？」

そろそろ宿に行って落ち着いて、子供達にご飯を食べさせたい。お昼は歩きながら簡単なもので済ませてしまったからな。

「いいのかい!?」

「ん？」

「だって、高価なものを初めての場所に預けていくって怖くないかい？」

「まあ、イーサン殿とクリスさんを信用していますので大丈夫ですよ」

「ありがとう！　その信頼を裏切るようなことをしないと誓うよ」

「そうね。あ、でも、すぐに預り証を用意するからそれだけは持って行ってね！　で、明日の都合の良い時間……できれば午後にもう一度来てもらえるかしら？」

「はい、わかりました」

というわけで、査定からの交渉は時間が掛かりそうだったので、枝を預けておいて僕達が帰ってからゆっくりしてもらうことにした。そして、僕達は宿を取るために迷宮管理本部を後にした。

「さてと、ご飯は何が食べたい？」

迷宮管理本部を出た僕達は宿を探しつつ、晩ご飯に何を食べるか相談した。

「「……えっとね～」」

「タクミ、我はタクミが作ったご飯が食べたいぞ」

「「さんせーい」」

カイザーの言葉に、子供達が両手を上げる。

「僕が作るのはいいけど、すぐに食べられないぞ？」

「「だいじょうぶ！」」

「うむ」

「それなら調理場が使える宿屋を探すか～」

「「おー！」」

宿屋は一階で食堂みたいなものを併営《へいえい》しているところが多く、その食堂で宿泊客の食事を提供する。僕達が今まで利用してきたのは、そういう宿屋ばかりだ。

だが、食堂がない素泊まり宿ももちろんあるし、宿泊客の公共の場として調理場を設置している宿もある。少ないが、個室に調理場がついている宿もある。まあ、個室のほうはちょっとお高めの宿って感じだな。

「個室のほうが寛げるかな？」

うっかりを気にしなくても済むし、ゆったりと過ごせる個室に調理場がついている宿を探すことにしよう。

というわけで、僕達は条件の合う宿を探すことにした。幸いにも、近くにいた人に聞き込むとすぐに条件に合う宿を教えてもらえたので、早速そこへ向かって歩き出す。

「それじゃあ、何を作るかな～。――食べたいものはある？」

「「おにく～」」

「うむ、我も肉が良い！」

「了解。肉料理ね」

「「あとね、たべたことないやつ！」」

「え、食べたことがないもの⁉」

子供達が食べたことがなくて、僕が作れる料理ってまだあったかな？

道中、僕はずっと作る料理を考え込んでいて、危うく目的の宿を通り過ぎるところだったが、何とか部屋を借りることができた。

そして、借りた部屋に入ると、すぐにご飯作りを始めることにする。

「じゃあ、早速作りたいと思います！」

「「なにつくるの？」」

「タクミ、タクミ、どんな料理なのだ？」

「できてからのお楽しみだよ！　――アレン、エレナ、この肉を少し叩いて平らにしてくれる？」

「「は～い」」

子供達に手伝いをお願いすると、何故かカイザーが目をキラキラさせて見つめてくる。

「我は？　我は何をする？」

カイザーも手伝いがしたいらしい。

「えっと……あ、ダイコンおろしを作ってもらうかな」

おろし金とダイコンを渡すと、カイザーは嬉しそうな顔をする。

「これはどうすれば良いのか？」

「ここにダイコンを当ててゆっくり動かして。力ずくでゴリゴリとはやらないこと！」

「う、うむ……」

間違ってもカイザーが力任せでダイコンをすりおろさないように注意しておくことだけは忘れない。うっかり力が入ったら、台ごと破壊しそうだからな！

「「できたよ～」」

「ありがとう。じゃあ、焼いていこう」

塩コショウで下味をつけた鶏肉……じゃなくて、ロックバードの肉に片栗粉《かたくりこ》をつけて揚《あ》げ焼きにし、表面はカリカリ、中はジューシーな竜田揚げ風にする。

ダイコンおろしはアオ葱《ねぎ》たっぷりのおろしポン酢のタレにしよう。こうなると揚げナスも欲しいな。

「ロックバードのおろしポン酢の出来上がり！」

「「おぉ～」」

たぶん今まで作ったことはないと思うが、子供達の反応からして問題なさそうだ。

「ご飯とパン、どっちがいい？」

「「ごはん！」」

「我も！」

三人ともご飯が希望ということなので僕もご飯にして、《無限収納《インベントリ》》から炊き立てのご飯と作り置きしてあったスープとポテトサラダを出す。

「「ん～、おいしい～」」

「やはりタクミの料理は最高だ！」

以前はアレンとエレナの二人で一人前くらいの食事量だったが、最近はよく食べるようになり、それぞれが一人前くらいの量をペロリと食べている。成長しているんだな～。

◇　◇　◇

翌日、朝はゆっくりと宿で過ごし、屋台などのお店をぶらぶら回りながらお昼を済ませた僕達は、再び迷宮管理本部へとやって来た。

もちろん、昨夜のうちに転移の魔道具でアル様宛に手紙を送っておいた。あ、賄賂のルビーの枝付きでね。転移の魔道具で送れる大きさだったしな！

すると、翌朝にはアル様からの手紙とトリスタン様から推薦状が届いたよ！

詳しく説明を要求されたらどうしようかと思ったけど、「『貴石の迷宮』に入るための推薦状をください！」と送った内容に、深く追及せずに推薦状をくれた。

だが、ルビーの枝のことに関しての注意？　お小言？　がたっぷりと綴《つづ》られていた。要は〝こんなもの送ってくるんじゃありません！〟ってね。

あとは、ウォッカがギスタの街から届いたってことも書かれていたのだが、こちらは素直に喜んでいる様子だった。お酒はいいのに宝石は駄目って、選り好みだと思う！

「タクミ様ではないですか！」

「ん？」

「んにゅ？」

建物の中に入ると突然声を掛けられたので、そちらのほうを見ると見知らぬ男女と目が合った。四十代の男性と三十代半ばの女性だ。

「えっと……すみません」

どこかで会ったことがあるのか記憶を辿《たど》ってみるが、一向に思い出せなかった。

「あ、すみません。私どもはフィジー商会の者です」

「フィジー商会！　ってことは、王都……いや、ベイリーのほうかな。どちらかで顔を合わせているってことですよね。覚えていなくてすみません」

「王都です。ですが、私どもが一方的にタクミ様を見知っているだけで、タクミ様は私どものことはご存じないと思います」

「え、そうなんですか」

良かった。紹介されたことがあったのに忘れていた……というわけではなかったようだ。

「タクミ様が王都の店舗にいらしてくれた時は、ほぼ会長が対応していましたからね。私どもは来店されたタクミ様を遠目で見ていた感じですので」

「あ～、いつもステファンさんがすっ飛んで来てくれていましたからね～」

店員さんに奥まで案内されるっていうことも少なく、店に入ってすぐに会長のステファンさんが息を切らしながら出てきてくれていた。商会の一番偉い人なのにね。

「えっと、この国には仕入れか何かで来たんですか？」

「少し違うのですが……会長は迷宮産の食材集めに力を入れるようになりまして、最近は迷宮が近くにある街へ人を派遣するようになっているんです」

「もの凄く僕が原因のような気がするんですけど!? 本当にすみません!!」

絶対に僕のせいだと思う！ ショーユやカオカ豆を筆頭に、僕が迷宮産のものを使った品をフィジー商会に持ち込むせいだよね！

「いえいえ、もともとフィジー商会は迷宮産の品を扱う商会ですよ。ただ、周辺国だけに留めていた事業を少し広げただけですから」

「迷惑を掛けていないのならいいんですけど……」

「迷惑だなんてとんでもない！ タクミ様はフィジー商会にとっては恩人です！ 船のこともですが、次々と売れ筋商品を生み出してくれていますからね」

「ははは～」

えっと……金蔓《かねづる》、じゃないな。金の卵を産むガチョウとでも思われているんだろうか？

「こちらにいらしているということは、タクミ様達の目的は『貴石の迷宮』ですよね？ 何か良いものは見つかりましたか？」

「あ～、一階層しか見ていないので、まだ何とも……」

「そうですか。それは残念です。まだこの街には商会自体はありませんが、拠点はありますので何かありましたら是非いらしてください！」

「はあ、まあ、何かありましたら伺います。すみませんが人と会う約束がありますので、僕達はこれで……」

「お引き留めしてすみませんでした」

少々ぐいぐい来る商会員だったので、少し強引に話を終わらせることにした。

「……申し訳ないって思った気持ちが、全部吹き飛んだよ」

僕のせいで故郷を離れて遠い地に？　と少し思ったが、あれは根っからの商人っぽい。売れそうなものを探すためならどこにでも行きそうなので、気にしないことにした。

「失礼します」

「「しま す～」」

改めて受付に向かうと、すぐに本部長室へと案内された。

「待っていたよ、『刹那《せつな》』さん」

「ちょっと!?　ク、クリスさん、何で!!」

本部長室には既にクリスさんもいて、僕を見ると二つ名を呼びながらにやりと笑う。

「昨日、調べさせてもらったよ。そしたら出てくる出てくる。あなた達、ガディア国ではとても有名だね～」

「……えぇ～」

どうやら、僕達の情報を集めておいたようだ。

「子供達にまで二つ名がついているなんて思ってもみなかったよ」

「「かっこいいでしょう？」」

「そうだね。『蒼《あお》の双撃《そうげき》』だなんて、格好良い二つ名だね」

「「えへへ～」」

子供達は二つ名を気に入っているので、褒められて嬉しそうにしている。

「「ねぇ、ねぇ」」

「クリスちゃん、きょうはおとこのひと？」

「クリスちゃん、きょうはかっこいいね」

「あ、そういえばそうだね」

二つ名呼びで動揺《どうよう》して気がつかなかったが、今日のクリスさんの服装は男の人っぽい格好だ。言《こと》葉《ば》遣《づか》いも昨日とはちょっと違うかな？

「今日はこっちの気分だったのさ。どうだい？」

「「にあってる～」」

「ありがとう」

美人は美人だが、しっかりと男の人って感じだ。

本当にただただ好きな服装をその日の気分で使い分けているんだな～。

「あれ、ディルさんもいる？　どうしたんですか？」

「どうしたじゃないだろう！　枝！　タクミが枝を回収してくれないからだろう！」

「あぁ〜……」

子供達がディルさんに押しつけた枝は、まだそのままディルさんが持っていた。

そのまま受け入れることはできずに、僕達が今日もここに来ることはわかっていたので待ち構えていたのだろう。

「受け取ってしまったら楽ですよ？」

「俺には不相応なんだよ！　そもそも拠点を持っていない冒険者の俺が所持するって、持ち歩けってことか？　危ないだろう！」

あ〜、子供達は売っちゃ駄目って言っていたから、それを守るなら持ち歩くしかなくなるもんな〜。

「子供達の言葉なんて気にしないで、こっそり売ってしまえば良かったんじゃないですか？」

「そんなことできるかよ！」

「「えぇ〜、うっちゃうの〜」」

ディルさんは正直者なのか、こっそり売却はできなそうである。そして、子供達は売ることにはやっぱり反対のようだ。

「アレン、エレナ、さすがにディルさんが持ち歩くのは無理っぽいよ」

ディルさんがマジックバッグを持っているかどうかは知らないが、たとえ持っていたとしても容量を気にしなくてはならないので荷物になることは間違いない。

「『どうしても？』」

「持ち歩くのは無理があるかな。そうだな～。あとは冒険者ギルドに貸し出して、有料で展示するとか？　それで、ディルさんは貸出料を貰う？」

「その手は有りだね。でも、そうなると警備が必要だな」

僕の思いつきにクリスさんは悪くない反応をする。

まあ、冒険者ギルドじゃなくても、美術館や博物館のような場所くらいはあるだろうから、そこでもいいだろう。

これなら、所有者はディルさんのままだ。

「だから、おかしいだろう！　タクミが引き取れば万事解決だろう!?」

「いや～、僕には子供達を納得させる術《すべ》がありません」

「そんなに簡単に諦めるなよ！　頑張れよ！」

「えぇ～」

今日は本題に入る前にいろいろある日である。

「全員、欲がないな～。イーサン殿、そう思いませんか？」

「誰もが欲しがる品を押しつけ合い。まあ、普通とは逆ですよね」

クリスさんとイーサン殿が呆れたような顔で僕達のことを見てくるので話を変える。

「あ、買い取りの件、どうなりましたか？」

「もちろん、預かっていたものは、全部買い取る方向で進めているよ。これが買い取りの詳細が書かれている紙だよ。確認してくれるかい」

「はい、わかりました。…………はぁ!?」

イーサン殿が渡してくれた紙を確認してみると、とんでもない数字が書かれていた。

「え、ちょっと待ってください。数字がおかしいですよ。桁《けた》が多くないですか!?」

「そんなことないよ。それが基本価格で間違いない」

「……えぇ～」

あの枝には僕が思っていた以上の価値があったようだ。

「えっと、こっちの欠片の値段って、もしかしなくても配った欠片のことですか？　あれは差し上げたものですよ」

「いやいやいや、さすがに貰えませんよ。全員が同じ意見でしたので、正規の価格で買い取らせていただきます」

「えぇ～」

受け取ってもらえなかったようで、しっかりと買い取りに回されていた。

「よく、僕達のことを欲がないって言いましたよね。クリスさんとイーサン殿もないじゃないですか」

「さすがに私達は貰うわけにはいかないよ」

「個人的には受け取りたいとは思うけど、立場的には無理だね」

「立場を出されちゃったら、引き下がるしかないじゃないですか～」

「そうしてくれるかい？　もちろん、気持ちだけはありがたく受け取っておくからさ」

　欠片のことについては、僕のほうが引き下がらないといけないようだ。

「それで、金額に不満はあるかい？　とはいっても、基本の価格は変えることはできないので、売るのをやめるということなら私達は引き下がるしかないけどね」

「いやいやいや、不満はありませんよ。むしろ、思っていた以上で驚きましたけどね。というか、そもそもあの枝はカイザーのものなので、僕が金額に不満を言うのはおかしいですけど」

「我は問題ない。お金はタクミに渡してくれ」

　カイザーがしれっとお金を託《たく》してくる。

「……カイザー、少しくらい自分でお金を持っていてもいいんだよ？」

「我はタクミと常に一緒におる故、いらぬだろう？」

「……」

　確かにリヴァイアサンには人間のお金は必要ないけど、人化できるようになったのだからお金を持っていてもいいと思うんだけどな～。一人の時に気まぐれに街を散策したりしないんだろうか？

　今、そういう話をすると、口にしてはいけない言葉をうっかり言うかもしれないので、このことはあとで話すことにしよう。

「アレン、エレナ、ギルドカードを出して」

「「はーい」」

「お金は二等分にして二人の預金にお願いします」

とりあえず、子供達の預金にしておこう。金額は普通じゃないが、お父さんの部下からのお小遣いってことでね。

「結構な大金になるけど、子供達のカードでいいのかい？」

「はい、お願いします」

「わかった。それで手続きしておこう」

イーサン殿は子供達からカードを預かると、職員を呼んですぐに振り込み作業を頼んでいた。

「あ、そうだ。イーサン殿、推薦状を貰ってきました。なので、カイザーの分の許可証の発行をお願いします」

「ん!?　ずいぶんと早かったね」

「ははは～、お願いしたらすぐに返信がきました」

さすがに翌日に推薦状を持ってくるとは思っていなかったのか、イーサン殿は驚いた表情をしていた。

「「これですぐにめいきゅういける？」」

「あ～……すまないね。許可証の発行にはいろいろ手続きがあって、最短でも許可証を出せるのは三日後なんだ」

「「あぅ～……」」

目をキラキラさせて今すぐにでも迷宮に行きたいと顔に出ている子供達を見て、イーサン殿は心底申し訳なさそうにする。

「アレン、エレナ、これで待てば迷宮に行けるのは確実だから、もうちょっと待とうか」

「「……わかった～」」

「本当にすまない。最短で発行できるようにするからね」

「「おねがいします」」

「はい、お願いされました」

これでルビーの枝の売却と迷宮に入るための許可証の発行の手配も終わりだ。

用件が済み、帰ろうかと本部長室を出ようとしたら、ディルさんが泣きそうな顔をしながら扉の前で佇《たたず》んでいた。

何というか……〝絶対に帰さないぞ〟と言わんばかりの意気込みを感じる。

「あ、忘れていました」

「忘れるなよ！」

「ははは～」

僕は本気でディルさんの存在を忘れていた。

「何で忘れているんだよ！　本当に何なんだよ！」

「あ～……はい、ごめんなさい。――アレン、エレナ、ディルさんが泣きそうだから、枝は回収するよ？」

「「むぅ～、しょうがないなぁ～」」

ディルさんが今にも泣きそうになっていたので、さすがに申し訳なくなり枝は回収することにした。アレンとエレナも渋々だが納得する。

「うぅ～、やっと、やっとかよ」

「ディルさん、昨日と今日、振り回したお詫びにご馳走《ちそう》しますから、ご飯でも食べに行きましょう？　ね？」

ほぼ成り行きだが、迷宮に行こうとしていたディルさんを二日間、拘束しちゃったしな～。

しっかりとお詫びをしておこう。

「どこかおすすめのお店はありませんか？」

「「よしよし、おいしいのたべよ？」」

本当に泣く寸前っていう感じで、子供達もさすがに悪いと思ったのかしゃがみ込んでいるディルさんを慰《なぐさ》めるかのように頭を撫《な》でる。

「タクミさん、食事ならここの三軒隣にある『ドラゴンの胃袋に挑戦』っていうお店がおすすめだよ」

「凄い名前の店ですね」

「とにかく大盛なんだ。だけど、味もなかなかだよ」

「へぇ～、それならそのお店に行ってみます」

カイザーが小声で「我への挑戦か」などと言っているのは聞かなかったことにし、僕達はクリスさんに教えてもらった店に行くことにした。とは言っても、時間が微妙だったため、少しぶらぶらと買いものをしてからね。

『ドラゴンの胃袋に挑戦』は情報通り、驚くくらい大盛の料理が提供される店だったのだが、カイザーが張り切っていろんな料理を平らげていた。

早々に満腹になった僕や子供達は、カイザーの食べっぷりを見学していたのだが、気づいた時には店に来ていた他のお客さんも観戦するほどの大盛り上がりになった。

閑話　おねだり？

「父上、兄上、タクミから手紙が届きましたよ」

「アル、それは本当かい？」

タクミから手紙が届いたことに気がついた私、アルフィードは、まだ仕事をしていた父上と兄上達がいる執務室へと急いだ。

「はい、近況報告を兼ねた手紙ですね。タクミ達は今、レギルス帝国にいるみたいですよ」

「何っ⁉」

「船で渡ったんでしょうかね。港街のグラッドにいるようです」

「あそこか。あそこには確か……上級の迷宮があったな」

「『貴石の迷宮』です。珍しく国が完全に管理している場所ですね」

あそこは特殊な迷宮なので、父上ももちろん知っているが伝えておく。

「その迷宮に入る推薦状が欲しいと書かれてありましたよ」

「ああ、あそこの一階層は安全で誰でも行くことができるが、二階層以降へ行く者は制限しておったな。子供達がその制限に引っかかったということか？」

「いえ、子供達は実力で証明できたので問題なさそうなのですが、冒険者ではない連れがいるようですね」

「連れ？」

「訳ありの連れのようです。ルーウェン家に確認したら、たぶんその人だろうという心当たりはあるそうです」

……言葉を濁《にご》し、具体的には教えてくれなかったが、問題のない人物だということらしい。

訳ありなのに、問題がないとは矛盾《むじゅん》しているような気もするが……気にするだけ無駄だろう。

きっと〝タクミだしな〟的な連れなのだと思い、王族の権力をかざしてまでは聞かなかった。逆に聞いてしまったら精神的疲労が増えそうだしな。

「それと父上……」

「……何だか嫌な予感がするのだが」

「手紙と一緒にこれが送られてきました」

「っ⁉」

私は隠し持っていたルビーの枝を父上の前にそっと置いた。

すると、父上は絶句したまま口をぱくぱくしていた。かなり驚いている様子だ。

まあ、私も転移の魔道具に届いた時は、驚いたことだしな。

「はぁ⁉　もしかしなくても一階層の森の枝か⁉　いや、偽物？　そうだな、良くできた作りものなんだな！」

「本物でした」

「っ⁉」

ここに持ってくる前に【鑑定】できる者に極秘で確認させたので、間違いなく本物なのだ。

よくもまあ、次々と稀少なものを手に入れるものだと、呆れるのを通り越して感心するよ。

「推薦状を出してくれるのなら、そのことへの謝礼だそうです」

「よし、推薦状を出すのを止めよう。そして、タクミにその枝を送り返そう」

「推薦状が駄目な場合は、お土産だそうです」

「……」

タクミはしっかりと逃げ道を塞いで、どうあっても受け取らせようと考えていることが手紙から滲《にじ》み出ていた。

「土産にして良いものではないと思うが？」

「私もそう思います。ですけど、タクミの基準では違うのでしょう」

一緒に行ったオークションでは、王族の私でも唖然とするような買い方をしていた。

それなのに、タクミは最終的には手に入れたものの代金より出品して落札された品の代金のほうが上回り、大金を支払うどころか大金を手に入れることになったのだ。

……あれはもう次元が違う。

「父上、覚悟しておいたほうがいいですよ」

「な、何をだ!?」

「これと色違いの枝があと三種類送られてくる可能性があるということをです」

「っ!?」

あの迷宮の一階層は、四種類の宝石の森が一定期間ごとに変化すると聞く。

タクミ達のことだ。きっと、四種類の枝を手に入れることだろう。

第四章　暇潰しをしよう。

「「ギルド〜♪　ギルド〜♪」」

翌朝、僕達は冒険者ギルドへと向かった。

許可証が発行されるまでの三日間、僕達は街の外でできる依頼を受けることにしたのだ。

「依頼書は……あっちだ」

「「いいのあるかな〜？」」

すぐに依頼ボードへ向かい、依頼を吟味《ぎんみ》していく。

「ん〜……やっぱり迷宮内の依頼書が多いな〜」

「「いいのないの？」」

「ふむ、ないのか？」

「依頼がまったくないわけではないけど、低ランクの依頼ばかりだな」

僕の言葉を聞いて、アレンとエレナ、カイザーはとても残念そうな顔をする。

「まあ、絶対依頼を受けないといけないわけじゃないし……――」

「あら、タクミさんじゃない」

「『あ、クリスちゃんだ！』」

依頼を受けずにただ遊びに行くかと悩んでいると、外出していたらしい女性スタイルのクリスさんが、ギルド内に入ってくるところだった。

「今日はどうしたの？」

「許可証を貰うまでは街の外へ行くことになりまして、何か良い依頼がないかと見ていたところですよ」

「街の外の依頼を受けてくれるの!?　それなら、ぜひお願いしたいものがあるんだけど、頼んで良いかしら？」

僕達がギルドにいるわけを話すと、クリスさんの表情が、わかりやすく嬉しそうになった。

「受けるかどうかは置いておいて、とりあえず聞きます」

「ありがとう。えっとね、前提としてこの街の冒険者はね、そこそこの腕になると迷宮に行ってしまうの」

「あぁ～、確かに良い迷宮が近くにあったらそっちに行きますよね」

質の良い鉱物が出るような迷宮だったら、そこに行ったほうが実入りが良さそうだもんな。

「でしょう？　だから、中堅以上の冒険者はあまり外の依頼を受けないの。でも、だからと言って新人とかには任せられない依頼があるのよ～。それをお願いできないかしら？」

「『いいよ～』」

依頼を聞く前に子供達は易々《やすやす》と受け入れてしまう。

「こらこら。アレン、エレナ、依頼を見る前に了承しちゃったら駄目だよ。とんでもない依頼だったらどうするんだよ」

「クリスちゃんならだいじょうぶ」

「クリスちゃんならもんだいない」

二人はクリスさんに全幅の信頼を寄せているようだ。

「まあ、嬉しいことを言ってくれるわね～。でも、タクミさんの言う通りよ。信頼している相手でも、しっかりと内容を確認してから依頼を受けるほうが、しっかりとした冒険者になれるわよ」

「「そうなの？」」

「じゃあ、かくにんする～」

「いらいはな～に？」

「ふふっ、素直な子達は、より良い冒険者になれるわよ～。じゃあ、こっちに来てくれるかしら？」

「「は～い」」

クリスさんに連れられて、僕達は受付の一番端《はし》へと向かう。

「依頼はこれね」

そして、たくさんの依頼書を束ねたものを受け取る。

「依頼ボードには貼られていないんですね」

「あっちは低ランクの外用と迷宮用が主ね。その他の外用の依頼は、こっちに纏められているの。まあ、ここを拠点にしている冒険者達は知っているから、息抜きに外へ行く時はちゃんとこっちを見ていくわ」

「なるほど」

常に貼り出しているわけじゃないということは、それだけ街の外の依頼を受ける中堅以上の冒険者は少ないってことか。

「「みていい？」」

「いいわよ～」

アレンとエレナは嬉々として依頼書をめくり始める。

「「おぉ～、いっぱいあるねぇ～」」

「ふむ、これなら選び放題だな」

「本当にたくさんあるな～。種類もだけど、同じ素材の依頼も複数あるのか」

「そうなの。だから、依頼の受注は事前にしていかなくてもいいから、依頼書にあるものはどんどん手に入れてきてちょうだい」

少しでも依頼を減らしたいと思っているのだろう。クリスさんが必死に懇願《こんがん》してくる。

「「あっ！　これがいい！」」

僕とクリスさんとのやり取りに興味のない子供達は、マイペースに依頼書を確認していき、興味のそそられる依頼を見つけ出していた。

「ん？　どれだ？」

「「これ〜」」

子供達が示したのは、ゴールデンサーモンを獲ってくる依頼書だった。

「「これ、たべたい〜」」

「食べたいって、依頼を選ぶ時の基準としては違うんじゃないか？」

「「いっぱいとればいい！」」

自分達の分のついでに依頼分か。

まあ、普通じゃないが、僕達の基準としては間違っていないか〜。僕も食べてみたいしな。

「クリスさん、ゴールデンサーモンって、今の時季でも獲れる魚ですか？」

ゴールデンサーモンは魔物じゃなく、普通の魚のようだ。所謂《いわゆる》、黄金色の鮭っぽい魚なのだが、僕の鮭の獲れるイメージは秋なので、春の終わり、もうそろそろ夏という今は時季外れのような気がする。

「ええ、ゴールデンサーモンは街の西側にある山の中を流れる川で年中獲れるわよ。それこそ獲り尽くそうとしても無理なくらいね」

「そうなんですか？　それなら新人とまではいきませんが、中堅直前の冒険者でもこなせる依頼なんじゃないですか？」

「その山にはゴールデンサーモンを狙った強めの魔物もいるのよ。それに、魚は鮮度が命でしょう？　そこそこの強さも必要だけど、運搬力も必要なのよ」

「ああ、なるほど。それなら納得です。じゃあ、僕達はゴールデンサーモンを狙います。なので、西の山で見つけられる薬草などをひと通り教えてもらえますか？」

「もちろんよ！」

僕達はクリスさんから山の生態系を教えてもらい、張り切る子供達を連れて西の山へ向かうことにした。

「「みんな～」」

いつものように街を離れて人目がないのを確認し、ジュール達を影から呼び出した。

《あれ？　迷宮で呼ばれるって思ったんだけど、ここは違うっぽいね？》

《えぇ!?　迷宮じゃないの!!》

次に呼ばれるのは迷宮だと思い込んでいたジュールとベクトルが、きょろきょろと周囲の確認をしている。

「ここにある迷宮は、入るのに手続きがいる場所だったんだ。だから、今は許可が下りるのを待っているところだよ」

《あら、そういうことなのね。なら、今日は空き時間を利用して、山か森にお出かけかしら？》

「『せいか～い』」

《さすが、フィートです。正解みたいです》

《さすがなの！》

呼び出されたばかりなのにフィートはすぐに状況を理解していて、ボルトとマイルも感心した様子だ。

『クル、クルルー？』

「ラジアン、【念話】じゃないと、何を言っているかわからないぞ？」

ラジアンは甘えるようにすり寄りながら鳴くが、さすがに鳴き声では何を言っているかわからなかった。

《わすれてた～。タクミおにーちゃん、どこにいくの～？》

覚えたばかりだったので、ラジアンは【念話】のことをすっかり忘れていたようだった。

「今日は山のほうに行って、魚を捕まえるぞ」

《さかな！　たべたい！》

「頑張っていっぱい捕まえような」

《がんばる！》

「『がんばろうね～』」

子供達がやる気を出したところで、僕がフィート、子供達がジュール、カイザーがベクトルに乗って移動することにした。
「ラジアン、ボルトの言うことを聞くんだよ」
《わかった〜》
「ボルト、よろしくな」
《はい、任せてください》
ラジアンは僕が抱いて行こうかと思ったが、自分で飛んで行きたいということなので、ボルトに面倒を見てもらうことにした。
《わたしはどうしようなの〜……》
いつもならボルトの背に乗ることが多いマイルだが、今日のボルトはラジアンの面倒を見ることになっているので遠慮しているようだ。
「では、我と一緒にどうだ？」
《はいなの！　カイザーと行くの！》
そこで、カイザーに誘われると、マイルは嬉しそうにベクトルの頭の上に飛び乗る。
準備が整って出発すると、あっという間に目的の川に到着する。やはり、ジュール達の脚力は素晴らしい。
「「とうちゃーく！　あれ？」」
「ん？　え？　クマ!?　あれ？」

川縁に近づくと、川の中にキングベアーがいるのが見えた。

……何故か【探知】に引っ掛からなかったんだよな～。

「アレンとエレナも気づかなかった？」

「「きづかなかった～」」

子供達の【気配感知】にも引っ掛からなかったようだ。

「スキルにも反応しないし、この距離で襲ってこないってことは……敵ではないのかな？」

前に出会ったバトルイーグル達と同じように、友好的な魔物なのかもしれないな。たぶんだけど。

「キングベアーもゴールデンサーモンを獲りに来たみたいだな」

よくよく見てみると、川の中で仁王立《におうだ》ちしているキングベアーは、前足を大きく振りかぶって水面に叩きつけている。すると、ゴールデンサーモンが宙を飛び、川縁に着陸するとピチピチと跳《は》ねていた。

「「ええ!?　なくなっちゃう!!」」

「いや、いっぱいいるみたいだから、それは心配しなくても大丈夫だと思うよ」

川の中のほうを見てみれば、〝うじゃうじゃ〟という表現が相応《ふさわ》しいくらいのゴールデンサーモンが泳いでいた。

《本当にいっぱいいるね～。獲り放題だ！》

《ねぇねぇ、誰が一番獲れるか競争しようよ！》

「いやいやいや、ちょっと待ってよ」

キングベアーが襲ってこなかったとはいえ、このまま暢気《のんき》に川に入ってゴールデンサーモン獲りに勤《いそ》しむのはいただけないと思う。

どの程度警戒するべきか……と悩んでいたら、聞き慣れない鳴き声が耳に届いた。

『『がぅ？』』

「ん？」

「「あ！　こども！」」

「えっ!?」

川の中のキングベアーに注目して気づいていなかったが、川縁にキングベアーの子供が二頭いた。

しかも、川を挟んで反対側とかではなく、同じところにだ。

「気配を消すのが上手い親子だな～」

カイザーが感心したように親子グマの観察をしていた。

「「かわいい～」」

「いや、可愛いけど……ちょっと、ちょっと!?　不用意に撫でに行こうとしないで！」

アレンとエレナがキングベアーの子供に向かって突進しようとしていたので、僕は慌てて二人を捕まえる。

「「だめー？」」

「仲良くなれる気がするってだけで、急に子供に近づいちゃ駄目だよ」

「「そうなの?」」

「お父さんだかお母さんだか知らないけど、親グマが怒ったら困るだろう」

「「そっか～。そうだね～」」

二人が納得してくれたのでもう大丈夫……と思っていたら、今度はベクトルがばしゃばしゃと川に入って親グマに近づいて行った。

「ベクトル!?」

《ちょっと挨拶してくる～》

「もぉ～」

水嫌いなのに平気で川に入っていくのは、人魚の腕輪をしているからだろうな～。

《ベクトル、早く魚獲りがしたかったんだろうね～》

《そうね～。あら、近づいても攻撃の意思はなさそうね～》

ベクトルが近づいても、親グマが警戒するような動きはなかった。

《兄ちゃーん!　一緒に魚獲りしてもいいって～》

「……」

ベクトルは見事に親グマから許可をもぎ取ったようだ。

「「いってくる～」」

すると、早速……とばかりにアレンとエレナがばしゃばしゃと川へ入っていく。

《あ、アレン、エレナ、待ってよ～》

《ラジアンもいく～》

《ちょっと、ラジアン、一人じゃ危ないわよ～》

子供達を追いかけてジュールとラジアンが川に入っていくと、ラジアンを心配してフィートも慌てて川に入っていく。

「では、我も行ってくる！　──おっと、マイルも一緒に行くか？」

《行くの！　よろしくなの！》

続いてカイザーがマイルに声を掛けてから川に入っていった。

《じゃあ、兄上、ぼくは周囲の様子を見張っていますね》

ボルトはみんながゴールデンサーモンに集中している間、周囲の警戒をするために飛んで行った。

「……置いてけぼりだな～。さて、僕はどうするかな？」

『『がぅ』』

「ん？　君達は危ないからお留守番しているのかな？」

何故か二頭の子グマが僕の隣に寄ってきたので、視線を合わせるように屈《かが》んでみる。すると、子グマはさらに近づいてくる。

「……人懐っこいな～」

撫でてみると、さらにすり寄ってきた。

「『とったー!!』」

僕が子グマ達と戯《たわむ》れている間にも、アレンとエレナは鷲掴《わしづか》みでゴールデンサーモンを捕まえていた。

「素手で捕まえるとか……普通はできないよな？」

『『がぅ？』』

近くには生け簀《す》のような場所まであり、子供達はそこにゴールデンサーモンを放り込んでいた。

とりあえず生きたままそこに集めるようだ。

そんなにちょうど良い場所が偶然あるものかと思っていたら、マイルの力作のようだ。土魔法で囲い、さらに木魔法の蔦《つた》で万が一にでも逃げないようにしてある。

アレンとエレナが使っている場所以外に、もう一箇所作っている様子が見えた。

「あっという間に依頼分は確保しそうだな」

……というか、《無限収納《インベントリ》》に保管する分が大量になりそうな予感がする。

「……これは僕まで加わったら大変なことになりそうだ」

これはもうみんなに任せようと、座り心地の良さそうな大きめな石に腰掛けると、膝《ひざ》の上に子グマ達が乗ってきた。

「いやいやいや。何で？」

『『がぅ？』』

思わず突っ込みを入れてしまうが、子グマ達は不思議そうに首を傾げるだけ。返答などは期待しても意味はないよな～。

「……気にしたら負けか？」

僕は子グマ達を撫でながら漁が終わるのを待つことにした。

「「ただいま～」」

一時間くらいで子供達は戻ってきた。

「お帰り。満足したか？」

「まんぞくした！」

「いっぱいとったよ！」

子供達が満足するまで捕獲したって……生け簀の中を見るのが少しだけ怖い。

《まだ生きているから、兄ちゃん締《し》めてよ！》

ベクトルも嬉しそうに尻尾をぶんぶん振りながら戻ってくる。

《鮮度が落ちたら嫌だから、殺すんじゃなくて捕まえることにしたんだ》

「まあ、確かに魚の鮮度は大事だよな～」

鮮度を考えての生け簀だったのか。

「僕の仕事もできたみたいだし、ひと頑張りするか～。――じゃあ、ちょっと下りてくれるか？」

『『がぅ～～～』』

「えぇ!?」

僕はゴールデンサーモンを回収するために立ち上がろうとしたが、膝の上にいた子グマ達がしがみつくようにして嫌がった。

「おにぃちゃんだけずる～い」

「おにぃちゃん、さっきだめっていったのに～」

「……」

確かに、子グマ達を見つけた時、アレンとエレナが不用意に近づこうとしたのを止めた。だけどね！　子グマのほうから近づいてきたのだから不可抗力だよ！

「……今度はこっちのお兄ちゃんとお姉ちゃんが遊んでくれるって」

『『がぅ？』』

子グマ達を宥《なだ》めるように撫でながら、アレンとエレナのほうへ誘導してみる。

すると、子グマ達は興味が出たようにアレンとエレナを見つめる。

「「おいで？」」

『『がぅ』』

トドメ、とばかりにアレンとエレナが声を掛けると、子グマ達は僕の膝から下りて二人ににじり寄っていく。

「「いいこ～」」

『『がうがう』』

どうやら子供達にも懐いたようだ。

なので、子グマ達のことは二人に任せて、僕は生け簀へと向かう。

「うわ～、これは獲ったね～」

《あ、お兄ちゃん、来た来た～。どう？　ボク達、頑張ったでしょう！》

生け簀の前にはジュールが待っていて、僕が生け簀の中を見ると〝どうだ〟と言わんばかりに尻尾をぶんぶん振っていた。

「凄いよ、頑張ったな～」

僕はジュールの頭を撫でて褒めた。

《タクミおにーちゃん、ラジアンも～。ラジアンもがんばったよ～》

「ラジアンも頑張ったな～。ありがとう」

《うん！》

すると、ジュールだけ狡《ずる》いとばかりにラジアンも寄ってきたので、ラジアンもたっぷりと撫でておく。

そんな僕達を見て、カイザーが微笑む。

「タクミ、我も何か手伝うか？」

「そうだな～……」

『ガウ』

「えぇ!?」

カイザーに何を手伝ってもらおうかと考えていると、親グマがすぐ傍まで来ていた。

「えっと……こんにちは？　狩りをしているところにお邪魔してすみません」

『ガウ』

魔物相手に挨拶してどうする……と自分で思ったが、いざ声を掛けてみれば見事に返答があった。

キングベアーの知能って高いのかな？

「あ、もしかして、もう帰ったりするのかな？　今、うちの子達が子グマ達と遊んでいるんだけど、引き離したほうがいい？」

『ガウガウ』

親グマは否定するように、首を横に振る。

……僕の言葉はしっかりと理解しているようだ。

「違うんだ？　じゃあ、挨拶に来てくれたの？」

『ガウ』

適当に言ったら、今度は肯定するように首を縦に振った。

「そ、そうなんだ。ありがとう」

『ガゥ～』

……挨拶に来るクマ？　義理堅《ぎりがた》い魔物？

「……」

しかし、挨拶後はどうすればいいのかわからず、無意味に親グマと見つめ合ってしまう。

「え、いや、親グマが挨拶に来てくれたんだけど、挨拶しても離れていかないから何か用事があるのかな～と思いつつも、会話はできないからどうしようかと悩んでいる」

「タクミ、何をしておるのだ？」

「ふむ……では、我が聞いてみよう」

「え、カイザーってキングベアーの言葉がわかるの？」

「いや、わからぬ。だが、何となくでいけるであろう！」

根拠のない自信だな。だが、そこまで言うなら、キングベアーのことはカイザーに任せてみよう。

「ラジアンはアレンとエレナのところに行って遊んでおいで。――マイル、子供達のことをお願いしていい？」

《うん！　いってくる～。――マイルおねーちゃん、いこう～》

《任せてなの！》

とりあえず、ラジアンとマイルは、子グマと遊んでいるアレンとエレナ、ベクトルのほうへ向かわせる。
「悪いけど、ジュールとフィートは僕の手伝いをお願いな」
《もちろんだよ》
《兄様、何でも言って》
そして、ジュールとフィートには、僕の作業を手伝ってもらい、流れ作業のようにゴールデンサーモンを回収していった。

「うっ……腰が……」
ずっと前屈みで魚を捕まえていたので、腰が痛い。
《兄様、お疲れ様～》
「それにしても……凄い量だった～」
ゴールデンサーモンの数は、途中から数えるのが馬鹿らしくなるほど多かった。
《だって、お兄ちゃん、依頼を受けたって言っていたからね！　頑張ったよ！》
「いやいや、依頼って言ったって、数匹分も受ければ問題ないんだぞ？」
《え、ボク達が食べる分とお土産の分だっているでしょう？》
「余裕でその分以上はあったぞ？」
とはいっても、まだ川の中にはうじゃうじゃとゴールデンサーモンが泳いでいる姿が見える。なので、獲り尽くしたということはない。

《いいの、いいの。お兄ちゃんが保管しておく分には問題ないんだし、あればあるだけ獲っておくに限るよ！》

「……まあ、とりあえず食べてみることにするか～」

《賛成！》

食べてみてもいない食材を大量に集めるのはどうかと思うが、依頼として出ているくらいなのだから、間違いなく美味しいものだろうと諦めることにした。

きっと、いつかは消費できるさ！

「タクミ」

ゴールデンサーモンをどうやって食べようかと考えていると、キングベアーと話していたカイザーが戻ってきた。

だいぶ時間がかかっていたようだけどな。

「カイザー、キングベアーは何だって？」

「うむ、特にこれといった用事はないようだったぞ」

「そうなんだ？」

「ただ、珍しいことに子グマどもがあっさり懐いておったので、何故かとタクミのことを観察していたようだ」

「えっ⁉」

……観察されていたようだ。確かに、まじまじ見つめられていたけどさ！

「だから、タクミには子供や魔物に懐かれる要素があると説明しておいたぞ」

「そんな要素はないよ⁉」

「いや、タクミにはあると思うぞ。まあ、子らにも同じような要素があるようだがな。親グマはそちらを観察に行ったぞ」

カイザーに言われて子供達のほうを見ると、アレンとエレナ、ベクトルとラジアン、それに子グマ達が遊んでいる様子を、マイルと親グマが一緒に見守っていた。

「子供のキングベアーって、そんなに人に慣れないものなのか？」

「あの様子を見ただけならそう思うのは仕方がないとは思うがな、あれでもれっきとした魔物だぞ？　それもそれなりの強さのな」

「……そういえば、そうだったね」

子犬、子猫が懐くような感覚だったが、魔物だったな。

「まあ、飽きたら帰るだろう」

害意があるわけではないので、キングベアーのことは自由にさせておき、僕は僕で昼ご飯作りを始める。

「お～、凄い。卵がみっちりだ」

早速、ゴールデンサーモンを食べてみようと、雌《めす》を選んでまずはお腹の部分を裂《さ》いて卵を取り出す。

「アレン、エレナ、あとカイザーも手伝ってくれる？」

「「うん、てつだう～」」

「うむ」

僕は大鍋に塩を溶かしたぬるま湯を用意して、そこに卵――筋子《すじこ》を入れる。

「この粒々《つぶつぶ》をこうやってバラバラにほぐして欲しいんだ。あ、粒々は柔らかくて潰れやすいから優しくな」

「「わかった～」」

「優しくだな。任せろ」

「僕はこっちだな」

途中でぬるま湯を何度か交換しつつ、汚れも洗うようにお願いし、イクラにしてもらう。

僕はゴールデンサーモンを捌くほうに戻る。とはいっても、卵を取り出した雌じゃなく、別個体の雄を選ぶ。卵持ちの雌は、卵に栄養を取られて身の味が落ちるって聞いたことがあるしな。

まあ、今日は使わなくても別の機会に卵を取った雌のほうの身も美味しくいただく予定だけど。

「よし、やるか～」

あまり大きな魚を捌いたことはなかったが、【解体】スキルのお蔭か、わりと簡単に柵《さく》の状態にまですることができた。ただ、ゴールデンサーモンが大きかったため、まな板からはみ出るのはどうしようもなかった。……今度、大きいまな板を手に入れておこう。

「《ピュリフィケーション》」

新鮮だし、【鑑定】でも確認したので問題ないのだが、念のために光魔法で浄化しておく。

「えっと、漬け汁は……ショーユとレイ酒かな。みりんもあれば良かったんだけど……」

みりんもお酒の一種だと聞いたことはあるが、どういうものかまでは知らないんだよな～。ないのはどうにもならないので、今回はレイ酒を火にかけてアルコール分を飛ばしつつ少し煮詰めてショーユを加えて冷まし、ゴールデンサーモンの切り身を浸す。

「「おにぃちゃん、できたよ～」」

「ありがとう」

子供達が綺麗に卵をほぐしてくれたようなので、水分をしっかりと取ったイクラも浄化してから漬け汁に浸す。

「このまましばらく浸しておこう」

「しばらく？」

「どのくらい？」

「えっと……味が浸かるまで？　よし、ここはやっぱり魔法だね」

時空魔法《エイジング》の出番だ。

時間短縮で味を染み込ませてしまう。本当に魔法って便利だ！

「これでよし！　食べられる分だけ丼にご飯をよそって」

「「《《《《《は〜い》》》》》」」

「うむ、了解した」

自分達で好きなだけご飯を用意させ、その上にゴールデンサーモンの切り身とイクラをたっぷりと載《の》せる。

「サーモンとイクラの親子丼の完成だ！」

「「「《《《《《おぉ〜》》》》》」」」

早速食べてみたが、良い感じに漬けられたと思う。

「「おいしぃ〜」」

「火を入れてもおらぬのに、これほど美味しくなるのだな〜。料理とは奥が深いな〜」

子供達もカイザーも気に入ったようだ。

「いっぱいあるし……」

リクエストが来ているわけではないが、偶にはシル達にもあげようか。丼ご飯で五つ……いや、今回は四つ用意して、神様それぞれの魔法陣で送った。

「「もっといっぱいとろう！」」

《《獲ろう、獲ろう！》》

「え、ちょっと待って。もう既にいっぱいあるから、もう充分！」

危うく第二弾ゴールデンサーモン漁が始まるところだったが、何とか食い止めた。

◇　◇　◇

親子丼を堪能《たんのう》した後、クマ親子と別れた僕達は、薬草などを集めるために山の探索をすることにした。
山道を進みながら、フィートが尋ねてくる。
《兄様、ここら辺では何が採れるの？》
「魔力草とオジギ草だって。その二つはどれだけあっても困らないから、採れるだけ欲しいってさ」
《魔力草とオジギ草なら問題ないわね。頑張りましょう》
「「いっぱいがんばる！」」
まずは採る薬草を確認していく。
「あとは、たくさんはいらないけどベニテングダケとシロテングダケが欲しいって」
《ねぇ、お兄ちゃん、キノコのほうは両方、毒キノコじゃなかった？》
「ジュール、正解！　でも、上手く処理すると解毒薬の材料にもなるみたいだな」

毒も使いようってことだね。

「あとはー？」

「あとはね、なかなか見つからないものとして、ピリピリ草、ビリビリ草、紫電花《しでんか》があるかもしれないって言っていたな」

ピリピリ草は緑色、ビリビリ草は黄色がかった緑色の雷《かみなり》マークのような形をした草だ。紫電花は薄紫《うすむらさき》色の花で、花弁が雷マークの形と、見た目に特徴がある薬草だ。

この三種類はそこそこ稀少なものらしいので、見つけられたら……という話だった。

《何か、感電しそうなものばかりだね》

「実際、採る時にピリッと静電気みたいなのが発生するみたいだから、厚手の革手袋をしないと駄目だな。だから、見つけても触らないで、まずは僕に教えてくれるようにしてな」

アレンとエレナなら見つけそうなので、注意を怠《おこた》ってはいけない。

「てぶくろすればいいー？」

「アレンとエレナの革手袋は薄いものだから、今回は採らないで。今度、厚手のものを作っておこうか」

「わかった～」

とりあえず、僕達は魔力草とオジギ草を採取し始める。すると――

「あった！」

「何があったんだ？」

「ピリピリそうがあったよ！」

「こっちはビリビリそう！」

「えっ、本当に見つけたの!?　ってか、両方!?」

あっという間にピリピリ草とビリビリ草の二種類を見つけたようだ。

……キノコのほうが見つかる確率が高いのに、稀少な薬草が先に見つかるんだな～。

「普通の草に混じっているのによく気がついたな～」

「「がんばった！」」

雑草っぽい草に紛《まぎ》れていて、ぱっと見では判別できない。

子供達が言うように、頑張って探したのだろう。

「きっと、クリスさんが喜ぶよ」

「「だね～」」

ゴールデンサーモンだけでも喜びそうだが、稀少な薬草もあったらさらに喜びそうである。

《タクミおにーちゃん、みてみて～。ラジアン、いっぱいとったんだよ～》

魔力草を籠《かご》いっぱいに入れたラジアンが駆け寄ってくる。

「おぉ～、頑張ったな～。ざっと見た感じだけど、間違ったものも採ってなさそうだし、かなりの量だな。ラジアン、本当に凄いな～」

《わ～い、ほめられた～》

ラジアンは頑張り屋な子で、順調に薬草の種類を覚えていた。

まあ、アレンとエレナの教育のお蔭とも言えるけどな～。

《お兄ちゃん、魔力草とオジギ草はこのくらいあればいいかな？　もっといる？》

「いや、もう充分だよ。ジュール、ありがとう」

《タクミ兄、ベニテングダケとシロテングダケもあったの！》

《兄様、クロテングダケもあったからついでに採ってきちゃったけど、余計だったかしら？》

「マイルもフィートもありがとう。クロテングダケも何かしら使えるだろうから嬉しいよ」

ジュール、マイル、フィートも薬草採取を手伝ってくれ、あっという間に大量の薬草とキノコが集まった。

《兄ちゃん、魔物がいっぱいいた！　受け取って！》

《兄上、付近にいた魔物はベクトルに倒してもらいましたので、今のところ近くには魔物はいないと思います》

周囲を見回っていたベクトルとボルトは、しっかりと連携して周囲にいた魔物を一掃《いっそう》してくれたようだ。

ベクトルはマジックリングから倒した魔物の死骸を取り出し、山のように積んだ。

ジュールの言いつけを守ってマジックリングを常に空にしようとする努力は嬉しいが、ドサドサと積み上げるのはやめて欲しい。

「「いっぱいだね～」」

「本当にね」

クリスさんがこの山は新人には厳しいと言っていたが、確かにそのようだ。

「これ、いらいであった～」

「こっちのもあった～」

「アレンのほうは毛皮、エレナのほうが角と牙かな？」

「「ちがうよ～」」

僕は依頼書の束を子供達の間からちら見した程度なので、残念ながら内容はよく覚えていなかった。どうやら間違っていたようだ。

「こっちのは、けがわとつめ～。あとおにく～。だけど、おにくはだめ～」

「こっちのはね、つの、きば、あとおにく～。こっちもおにくはだめ～」

間違っていたというよりは、依頼となる品がまだあったようだ。

そして、両方ともお肉は売っては駄目らしい。

「両方とも肉は《無限収納》《インベントリ》にあるぞ？」

「「それでもだめ～」」

……やはり食べ物は売りたがらないよな～。

「……了解」

まあ、腐るわけではないし、お金に困っているわけでもないので、《無限収納《インベントリ》》のストックにしておく。

「そういえば、カイザーはどこに行ったんだ？」

「「さがしにいった～」」

「え、探しに？　何を？　薬草をか？」

「「ドラゴン！」」

「えぇ!?」

カイザーの姿が見えないと思ったら、いつの間にかどこかにドラゴンを探しに行ってしまったようだ。

「……さすがに見つけてこないよな？」

そんな希望を抱きつつ待っていたが……カイザーはなかなか帰ってこなかった。

「「おとまりー？」」

「そうだね。今日は野営……というか、山用の家に泊まるか」

「「わ～い」」

日暮れまでに街に帰る必要はなくなったので、僕達は引き続き遊び……というか薬草採取を続けた。

結局、カイザーは日暮れ間際に帰ってきたのだが、少し落ち込んだ様子だった。

「カイザー、お帰り」

「「おかえり～。どうだった？」」

「……近くにはおらんかった」

「……そ、そう」

……何とは言っていないが、ドラゴンがいなかったんだな。

冒険者が来る山の近くに野生のドラゴンがいたら大事なので、僕としては近くにいなくて良かったと言いたかったが、その言葉は呑みこんだ。

「いなかったものは仕方がない。さあ、そろそろ野営場所を探そうか」

《兄上、良さそうな場所を探しておきましたので、案内しますよ！》

「ありがとう、ボルト」

気が利くボルトが、野営することになった時点で場所の目星をつけに動いてくれていたようだ。さすがである。

早速、僕はボルトが案内してくれた場所に家を設置し、晩ご飯の準備を始めることにした。

「食べたいものはある？」

「「ゴールデンサーモン！」」

「お昼もゴールデンサーモンだったけど、同じでいいの？」

「おいしかったから！」

「ちがうりょうりでたべたい！」

アレンもエレナも、ゴールデンサーモンを大変気に入ったようだ。まあ、美味しかったけどね。

「じゃあ、昼は生だったし、夜は焼いて食べてみようか。凝《こ》ったものは今度にするとして、塩焼きでいいかな？」

「「うん、それでいい！」」

晩ご飯は和定食っぽい路線で済ませ、みんなで遊んでから寝た。

そして翌日、午前中はまた薬草採取などに勤しみ、昼ご飯を食べてからジュール達に街の近くまで乗せてもらった。

《またすぐ呼んでね》

「次は上級の『貴石の迷宮』に行く予定だから、人が多いところを過ぎたら呼ぶよ。またよろしくな」

《迷宮！　兄ちゃん、早くね！》

ジュール達とはこれからの予定を伝えてから別れ、僕達は街へと向かう。

「あ、カイザー、ヘビ化、ヘビ化！」

「おぉ、そうであったな」

カイザーに縮小化してもらうのを忘れていて、街に入る直前に首に巻きつけるという危ない場面もあったが、僕達は無事に街に入り直す。

そして冒険者ギルドで、ゴールデンサーモンはもちろんのこと薬草類や魔物系の依頼を大量に片づけたので、クリスさんには大喜びされたのだった。

第五章　迷宮へ行こう。続・貴石編

許可証を手に入れた僕達は、翌日『貴石の迷宮』に行こうと宿を出た。

すると、何故か宿の入口でディルさんが待ち構えていた。

「どうしてディルさんがここに？」

「ギルドマスターから頼まれた」

「クリスさんから？」

クリスさんから何かを依頼されたようだが、ここにいることとは繫《つな》がらない。

「タクミ達が許可するなら、一緒に迷宮に潜って欲しいってさ」

「「いっしょ？　いっしょにいく？」」

アレンとエレナが見上げてきたので、僕は頷く。

「みんなが良いならな」

「「いいよ、いいよ～」」

どうやら一緒に迷宮に行くためだったようだ。

「えっと、ディルさんが一緒なのは良いですよ。良いんですが……どうしてギルドマスターが直々《じきじき》にそんなことを？」

「『貴石の迷宮』は、タクミが思っている以上に多くの人が潜っているんだよ。さらに言えば、低層には一攫千金《いっかくせんきん》を狙ったガラの悪いのが多い。そんな奴らにタクミ達なら絶対に絡まれるだろう」

「……ああ」

まあ、子供達がいる時点で目を引く。そして、ガラの悪い冒険者なら僕達に絡んでくることは間違いないだろう。……今までの経験上でね。

「じゃあ、ディルさんはお目付け役というか、調停役ですか？」

「正直に言えば、ガラの悪い連中を押さえつけられるほど俺は強くない。だがまあ、あった出来事をギルドマスターに嘘偽りなく報告することはできる。だから、絡んできた相手をタクミ達がのしたとして、相手がギルドに嘘の報告をして騒ぎ立てても真実を伝えられるってことだ」

「なるほど～」

凄くあり得そうな内容で、思わず納得してしまった。

「誰かが絡んで来たら、容赦なく返り討ちにして良いということだな」

「いや、カイザー、それはちょっと違うから、容赦だけは絶対にして」

カイザーが手加減なしに力を使ったら、相手は死んじゃいそうだしね。

「駄目なのか？」

「駄目だよ。基本は無視、手を出してきたら仕方がないから、ちょっとだけ痛い目に遭わせる程度までだよ。いつ魔物が出るかもわからないところで大怪我や気絶をさせたら、そのあとの面倒まで見なくてはならないだろう」

動けない、意識がない者を放置して先に進むほど、僕の心は達観していない。

「街中なら気絶させて放置するところなんだけど、迷宮の中は駄目。アレンとエレナもわかった？」

「「わかった～」」

問題が起きる前に注意することができて良かったよ。

「で、何だっけ？　ああ、でもその同行って僕達のためではありますけど、わざわざそんな気を遣っても、ディルさんとクリスさんには利益はありませんよね？」

「いや、タクミ達を何事もなく迷宮に挑ませる。それだけでも冒険者ギルドには旨みはあるさ。何故なら、一階層の木が変化した時に、違う宝石の枝が手に入るかもしれないという下心があるからだ。さらに、先の階層でもとんでもないものを手に入れてくる可能性を期待しているからな。俺に関しては、ギルドから依頼料が貰えるから問題ない」

「うわ～……」

下心満載《まんさい》の気遣いだった。でもまあ、そのくらいが付き合いやすいし、親切心を素直に受け取りやすい。

「ディルさんへ依頼料を出すような、本格的な話なんですか？」

「タクミ達と一緒に迷宮に行って、いつもみたいに俺も戦利品が手に入って終われば、依頼料は出

ないな。ただ、面倒事の処理が入って、通常の活動ができなかった時、最低限はギルドが補填《ほてん》して
くれるって話になっている」

「ギルドに損はなさそうですね」

僕達と一緒に行って、ディルさんにだけドロップアイテムが当たらないなんて話は絶対にない。

採掘も子供達はやるだろうから、ディルさんも一緒にやればいい。なので、ギルドから依頼料が支
払われることはないだろうな～。

「僕達の行動はきっと普通じゃないんで、ディルさんのほうが大丈夫ですか？」

……主に心労的な問題でね。

「……普通じゃないと言っちゃうんだな」

「普通でいたいとは思いますけど、普通じゃいられないようです」

「……あ、うん、そうか。まあ、驚く声や突っ込みが煩《うるさ》くなるかもしれないが、できれば一緒に行
きたい」

「わかりました。じゃあ、一緒に行きましょう」

「「わ～い」」

そういうことで、ディルさんが迷宮攻略に同行することになった。

「じゃあ、一階層はさくさく進むからな」

「「は～い」」

「うむ」

受付で入場料を払った僕達は、三度目の『貴石の迷宮』入りを果たす。

「「えぇ～」」

「「「おぉ～」」」

そして入った途端、僕とディルさんは驚きの声を、子供達とカイザーは感嘆の声を上げた。

なんと、一階層が青のサファイアの森になっていたのだ。

「マジかよ。どんだけ運が良いんだよ！」

ここを拠点にしている者はともかく、よそから観光に来る者が滞在している間に複数の森を見ることはほとんどないらしい。見られて二種だとか。

僕達はこれで三種目なので、かなり運が良いな。

でもまあ、種類が変わった瞬間を見られることもあるようだし、そっちのほうが運が良さそうな気がするので、まだまだなのかな？

「運か～。それはだいぶ良いかもしれませんね」

たぶん、子供達の運が働いているのだろう。

「よし、採るか！」

「カイザー、待った！　採るなら奥で！　止めないから、奥でお願い。ここじゃ人目がある！」

早速、とばかりにカイザーが枝を折ろうとしたので、慌てて止めた。ここでは僕達の他にも冒険者や観光客がいたからだ。

「おっと、すまぬすまぬ」

「本当に気をつけてよ～」

今日はさくさくと進んで二階層に行く予定だったが、この迷宮は僕達の予定をことごとく狂わせてくれるようだ。

「それじゃあ、奥に行こうか。階段の方向で人がいないところ、でもあまり道から逸れる必要はないからね」

「「じゃあ、あっちー」」

僕の合図で〝よし、任せろ〟とばかりにアレンとエレナが歩き出し、どんどんとサファイアの森を進む。

「「ここらへんはー？」」

そして、人目のないところに来ると、うきうきとした様子で鞄からツルハシを取り出していた。

「うん、ここら辺ならいいよ」

「「やった～。――カイザー、どこがいい？」」

「うむ、そうだな～。こことここ、あそこもいけるのではないか？」

カイザーがアレンとエレナに採取ポイントを指示すると、子供達は嬉々としてツルハシを思いっ切り振り始めた。

「タクミ、タクミ、売却する分は何本くらい必要なのだ？」

カイザーはカイザーで、素手で細めの枝をポキポキ折り始めた。

「そこまでいらないよ。というか、もう既に必要分は腕に抱えているよ！」

あっという間にカイザーの片腕には枝がいっぱいになっていた。

「もう良いのか？　もう少しあったほうが良いのではないか？　あ、ちょっと太めなものも欲しいのではないか？」

カイザーは腕をくるくる回し、助走をつけて太めの枝に拳を突き出した。

すると――ドカンッ♪　と大きな音を立てて、最初に頭突きで折ったくらいの枝がぽっきり折れた。

「アレンもとれた～」

「エレナもとれたよ～」

子供達も枝の採取に成功したようだ。

「……ははは～」

三人の様子を見て、ディルさんは乾いた笑い声を出していた。

「やっぱりおまえ達はおかしいよ」

「いやいや、僕は採ってないじゃないですか」

「採ってないだけで、採れるだろう！」

「え、どうだろう？」

枝の先の細いところじゃなく、カイザーが折ったくらいの枝を握り、力を入れてみる。

「無理かな～？　いや、ちょっと待てよ……」

やっぱり折れなかった。なので、片手で掴んでいた枝を両手で持ち直し、ぶら下がるような感じで体重もかけて力を入れ直してみた。

「あっ！」

「うわっ！」

すると、枝は見事に折れた。まあ、ギリギリっていう感じだったけどね。

「折れちゃいました～」

「やっぱりな！　というわけで、タクミも見事におかしい仲間だな」

「ははは～」

子供達みたいに道具を使って何度も打撃を与えれば折れるだろうな～とは思っていたが、さすがに僕自身も素手で折れるとは思ってもみなかった。

改めて自分の身体は丈夫だし、力が尋常《じんじょう》じゃないと認識した。

「いや～、もしかしたら、コツがあれば誰でもいけるかもしれませんよ」

「そんなわけあるか！」

「いやいや、わかりませんよ。――カイザー、ディルさんでも採れそうな枝の場所はないかな？

太い枝じゃなくて、枝の先のほうの少しでもいいから」

「ん？　そうだな～、ここの先などはどうだ？　ハンマーのようなものがあれば、それで叩いてみるといい」

「ほらほら、ディルさん！　ハンマーは持っています？」

「持っているが……いや、無理だって」

「ものは試し。枝先を粉砕するつもりでやってみてください」

「……絶対に無理だと思うんだけどな～」

ディルさんは鞄から大工仕事で使う金槌《かなづち》のようなものを出し、枝先を思いっ切りガンガン叩いた。

すると、何度目かの衝撃で枝先が折れて欠片が飛んで行った。

「「「「あっ！」」」」

「「さがしてくる～」」

アレンとエレナが慌てて、飛んで行った枝先を探しにいった。

ディルさんはかなり衝撃的だったのか、口をぱかっと開けたまま呆然と固まっている。

「「あったよ～」」

しばらくしてアレンとエレナが、飛んで行ったサファイアの欠片を見つけ出してきた。

爪楊枝の三分の一くらいの大きさの欠片だ。

「これ、ディルさんのね」

「よかったね～」

アレンが未だに固まっていたディルさんの手に、サファイアの欠片を握らせた。

「はぁ!?　え？　えぇ!?」

ディルさんは握らされた欠片を見て、続いて僕達を見て、また欠片を見て……と、今度は絶賛混乱中のようだ。

「それはディルさんが採ったんですから、ディルさんのものですよ」

「えぇ!!　嘘だろう!?　俺が採った？」

「採りましたね～。信じられないようでしたら、もう一度試してみればいいんじゃないですか？」

「ディルよ、次はここが良いぞ」

カイザーは僕が頼む前に、ディルさんが採りやすそうな枝の場所を教えてくれる。

「「がんばって～」」

「お、おう……」

ディルさんはさっきよりも緊張気味にハンマーを構えると、枝の先をガンガン打ちつける。すると、――ペキッ♪　と軽い音を立てて枝の先が飛んでいく。

「おれたね～」

「さがしてくる～」

子供達が再び、飛んで行った欠片を探しに行ってくれた。

「「あったよ～」」

今回は簡単に見つかったらしく、すぐに戻ってくると欠片をディルさんに渡す。

「……俺が採った？」

ディルさんは手のひらの上に載った欠片をじっと見つめる。

「まだ信じられないですか？　なら、もう二、三個採ってみます？」

「いや、もういい！　もう充分だ！」

「遠慮しなくてもいいですよ」

「遠慮はしていない！　もういい！　ほら、タクミ達ももう枝は充分採ったな？　よし、二階層に行くぞ！　さくさく二階層に向かうって話していただろう！」

ディルさんはこれ以上枝を手に入れてたまるか、とばかりに僕達を二階層へ向かうように誘導してくる。

「ディルさんの言う通り、今日はさくさく二階層に行くって話していたから、そろそろ行くか？　自分達の記念用とお土産用も手に入っているよね？」

「うん、とったからだいじょうぶ」

「にかいそうにいこう」

「うむ、我も問題ない」

今日こそは二階層！　と意気込んで来たわけなので、ディルさんの思惑に乗ることにした。

「「にかいそう！」」

そして、僕達は一階層と二階層の間にある転移装置の間で許可証を見せ、無事に二階層へやって来た。

「予想通りだが、警備の人間に許可証を二度見されていたな～」

「ははは～、偽造かと疑われましたね～」

子供達の許可証に関しては、本物かどうか念入りに調べられた。だがまあ、子供達のギルドカードのランクを見せたりして、何とか通ることができた。

「二階層は普通の坑道《こうどう》みたいなんだな」

「「ここ、なにとれるー？」」

「この階層では、あまり質の良くない鉄鉱石が主だな。だから、ほとんどの冒険者は素通りする」

「「まものはー？」」

「コウモリ系が多いな」

「「コウモリか～」」

この階層に現れる魔物を聞き、子供達はあからさまにがっかりした様子を見せる。しかも、カイザーも一緒にだ。

「タ、タクミ、この表情はどういう意味だ？」

「そうだな～。〝食べられるお肉をドロップしなさそうだから、残念〟かな？」

「「あたり～」」

僕の答えに子供達の表情は一転、にこやかな表情をする。

「我も食べられる肉がドロップする魔物が良いな～」

「「だよね～」」

「……」

欲望に忠実な発言に、ディルさんは言葉が出ない様子である。

「とにかく進みましょうか」

「「あっちいく～」」

子供達が早速、行きたい方向を決めて歩き出す。

「……絶対に地図を調べてきただろう？」

何度目かの分かれ道を通り過ぎた時、ディルさんがぼそりと呟く。

「ははは～、調べてないですね～」

「絶対におかしいだろう!?」

アレンとエレナが迷いなく進んでいることが、ディルさんには不思議で仕方がないようだ。

「「あっ！　――《ウォーターボール》」」

アレンとエレナがフレイムバットを見つけ、すぐさま水球を放つ。

一発で仕留めると、ドロップアイテムを拾いに行った。

「フレイムバット、よわかった～」

「くろいいししかなかった～」

ドロップアイテムはまん丸の炭のようなものしかなかったようだ。

「まあ、上級の迷宮とはいえ、ここは二階層だからそんなもんなんだろうね～」

「そっか～」

「ざんねん」

一階層だけを見れば、次の階層でも良いものが出るかも！　と思うかもしれないが、そこまで上手い話はなかったようだ。

「ディルさん、採掘の狙い目の階層ってどこなんですか？」

「俺はいつも五階層で採掘しているな。他の採掘目当ての冒険者も、大抵は四、五階層でやっているのが多いな」

「なるほど～」

ということは、面倒事を避けるためには、僕達は四、五階層はなるべく素通りしたほうがいいかもな。

「アレンもさいくつする～」

「エレナもさいくつした～い」

「それだけど、アレンとエレナが採掘するのは、四、五階層じゃないところにしよう」

「「なんでー？」」

「他の冒険者との接触をなるべく避けたいんだ」

「「ふ～ん」」

トラブルはないほうがいいからな。

「じゃあ、ろっかいそう？」

「それとも、さんかいそう？」

「どっちかと言ったら、六階層のほうがいいかな。そこなら冒険者は少ないと思うから、採掘はそこにしようか。アレンとエレナなら、何かしらは見つかるんじゃない？」

「「わかった～。じゃあ、さくさくいく～」」

採掘を早くやりたいのか、アレンとエレナがすぐに歩き出す。というか、若干早歩き気味だ。

「アレン、エレナ、走るなよ！　今日はディルさんがいるんだからね！」

僕は即座に、いつものような迷宮マラソンをしないように注意しておく。

すると、アレンとエレナは一度立ち止まると、ゆっくりと顔だけをこちらに向ける。その顔は「「あっ！」」と言いたげな、完全にディルさんのことを忘れていた顔だった。

「だ、だいじょうぶだよ～」

「はしらない、はしらない」

すると、アレンとエレナは誤魔化《ごまか》すような言葉を言ってから、普通の足取りで歩き出した。

「な、何だったんだ⁉」

「あの子達、六階層まで駆け抜けようとしていたんですよ」

「はぁ⁉　嘘だろう？　この迷宮は他の上級迷宮と同じく、かなり広いんだぞ！」

「そうですね。だから、注意したんじゃないですか。あの子達、数時間くらいだったら軽く走り続けますからね」

「……えぇ」

ディルさんは、ぼそりと小さな声で「俺、もうついて行けない気がしてきた」と弱音を吐いていた。

◇　◇　◇

「さんかいそうに～」

「とうちゃ～く」

途中で昼休憩を取ったが、僕達はおやつの時間には三階層に到着した。

「……本当に全然迷わないのな」

「「すごい？」」

「凄いな。凄過ぎて、逆に奇妙だよ！」

「「きみょうだって～」」

　奇妙と言われてもアレンとエレナは笑って流していた。

「言ったのは俺だが、笑うところか？」

「「わらうとこでいい～」」

　子供達はまったく気にしていないようだ。

　まあ、奇妙は〝普通とは異なっている〟とかだったはずだから、悪口っていうわけではない。というか、その通りって感じだし。

「じゃあ、ディルさんの期待に応えて、三階層もさくさく行こうか」

「「さくさくいく～」」

「いや、待て！　期待なんてしていないから、普通に行こう！」

「ディルよ、遠慮せずとも良いぞ？」

「遠慮なんてしていないぞ!?」

　僕や子供達だけじゃなく、カイザーまでもがディルさんを揶揄うような言葉をかける。……いや、カイザーは本気で言っているかな？

「さて、どっちに行く？」

「「あっち～」」

「え、聞いて？　ねぇ、聞いて？」

「「きいてるよ～」」

「ディルさん、行きますよ～」

「ちょっと待て⁉　本当に聞いて？」

「「ほらほら、いくよ～」」

あたふたしていて一向に歩き出そうとしないディルさんを見たアレンとエレナは、ディルさんの背後に回りこむと、背中を押して強制的に歩かせ始めた。

「ふむ、ディルは疲れておったのか？　――タクミ、小腹を満たしたほうが良いのではないのか？」

「それ、カイザーがおやつを食べたいんじゃない？」

「うむ」

「「おやつ、たべる～」」

ディルさんをダシにしたおやつの催促《さいそく》だった。

「はいはい、何がいいんだ？」

「「えっとね～……あれ！」」

「クレープある？」

「チョコとナナのみのがいい！」

「クレープは……ああ、うん、今の人数分ならあるな」

チョコとナナの実――バナナのクレープはぎりぎり五個あった。

「時間がある時にまた作り足しておかないとな～」

「「てつだう～」」

「あのね、いっぱいつくるの～」

「いろんなあじでね～」

「ははは～、そうか。じゃあ、迷宮を出たら作ろうか」

「「うん！」」

大量に作る気満々のようだ。まあ、僕がクレープの皮を焼いて、子供達にクリームやジャム、果実を載せて包んでもらえたら量産は簡単だろう。

僕達は歩きながら食べることにして、早速クレープを出して食べ始める。

「昼飯も美味かったが、これも美味いな。どっちもタクミの手作りなんだろう？」

少し遅れてクレープを食べ始めたディルさんが、目を丸くしていた。

「そうですよ」

「凄いな。だが、どっちも迷宮内で食べるようなものじゃないよな？　高級な食事処《どころ》で出そうじゃないか」

「ただの趣味で作ったものですよ。でも、そこまで言ってくれて嬉しいです」

褒めてもらえると嬉しい。

「でもな、マジックバッグを持っていたとしても、普通はある程度携帯食にするもんだぞ」

「まあ、普通は装備品などがかさばりますからね～」

食料は徐々に減るので、代わりに戦利品を入れることになるとは思うが、予備の武器や採掘道具や魔道具などを持ち込むことを考えたら、マジックバッグの容量は制限される。長丁場《ながちょうば》になればなるほど食料はかさばらないものにしないといけない。

「ディルさんは即席スープって知っています？」

「ああ、最近売り出されるようになった携帯食だよな？　あれはいいよな。財布的にさすがに毎食それにすることはできないが、何食かは携帯してここぞっていう時に食べるな」

即席スープの一食当たりの値段はあまり高くならないようにしてくれたが、やはり魔法を使って加工している分のコストはかかってくる。

固焼きのパンや干し肉などで済ませていたのを即席スープに変えるとなると、一食当たりの費用はやっぱり高くなるのかな？　正直、僕は固焼きのパンも干し肉も、即席スープも買ったことがないから、わからないんだよな～。

あ、そういえば、即席スープは定番のもの以外にも、国ごとで違う味のスープを売るって言っていたよな～。

「国ごとで味の違うスープが売っているって聞いたんですけど、この国では何の味が売っているのかわかりますか？」

「国ごとで違うのか？　それは知らなかったな～」

「僕が知っているのはガディア国のだけで、えっと……卵スープとキャベツのトゥーリスープ、ソーセージのカレースープ、キキビのスープって聞いています。それ以外にも増えているかもしれないですけどね」

「最初の三つは同じっぽいな。だが、キキビのスープは知らないな」

「ああ、三つだけは販売開始時の共通商品で、そこからそれぞれ国が新しい品を出すって話でした」

「じゃあ、貝のスープはこの国が作った商品ってことか？」

レギルス帝国オリジナル商品は貝のスープらしい。

「へぇ～、貝のスープですか。それも美味しそうですね」

「おいしそ～」

「たべてみた～い」

「だね。街に戻ったら買いに行こうね」

「「いく～」」

買いに行くのを……忘れそう。忘れないようにしないとな。

「それなら迷宮管理本部で売っているぞ」

「お、そうなんですか。ありがとうございます」

即席スープは国営のお店で売るって聞いていた。迷宮管理本部も国の施設なので、合理的な売り場所だな。

「あ、ディルさんが欲しいのであれば、キキビのスープは譲りますよ？」

「興味があるから、買わせてくれ」

「あげますって」

「いや、買う。絶対に買う！」

「〝何が何でも貰いものはしません！〟っていう感じはやめません!?」

先日のルビーの枝の件を引きずっているのか、ディルさんは購入の意思を強く出してくる。

「一つでも譲ったら後々大変な目に遭いそうだから、絶対にやめない！」

「……」

ディルさんは頑《かたく》なな態度を崩さなかった。

「「おにぃちゃん、おにぃちゃん」」

「どうした？」

「「ここ、なんかへん～」」

「ん？」

僕とディルさんが即席スープのことをずっと話していた間、先導しながら歩き、さらに魔物を倒していた子供達が何かを見つけたようだ。

「壁？　っていうことは隠し部屋でもあるのかな？」

「え？　三階層で隠し部屋があるなんて聞いたことがないぞ!?」

ディルさんは困惑した様子だが、その横でカイザーが尋ねる。

「子らよ、この壁か？」

「「うん、そう〜」」

「よし、ちょっと待っておれ」

カイザーは腕をぐるぐる回すと、勢いよく壁を殴ってみる。

すると、壁の表面がガラガラと崩れ落ちて、奥から何かが出てきた。

「む？　何か出てきたぞ」

「嘘だろう!?」

隠し扉が出てきたとかではなく、そこにはもう一つ壁があった。そして、手のひらサイズのマーブル模様のタイルのようなものがいくつも貼られていた。

「「なーに？」」

「えっとな……大理石、石のタイルっぽいな。家の壁とか床に貼って使うものだね」

「「つかえる？」」

「ん〜、どうだろう？　敷き詰めて使うことが多いと思うから、数が少ないかな？　あ、でも、この壁みたいにところどころに貼ることはできるよ」

「「ふ〜ん。びみょうなんだ〜」」

「……いや、微妙ってわけではないんだけどね」

はっきりと使い道が示せないでいると、子供達は興味がなくなったようだ。

「まあまあ、とりあえず回収しておこうか」

「「そうだね～」」

またどこか別の場所でもタイルが見つかり、数もある程度揃えばどこかで使えるかもしれないので、回収だけはしておくことにした。

「ほらほら、気を取り直して行くよ～」

「「は～い」」

僕はタイルを回収し終えた子供達を鼓舞《こぶ》し、三階層の攻略を再開させる。

「それにしても、普通の坑道ですよね～。一階層があぁだったんで、もっと煌びやかな空間が続くんだと思っていましたよ」

「それは誰もが思うな」

「あ、やっぱりですか」

一階層が凄い階層なので、誰もが二階層に期待することだろう。だが、本当に普通の階層だし、微妙にがっかりするんだよな～。

「だがな……あ、言っていいのか？」

「先の情報ですか？　全然構わないですよ」

「そうか？　なら言うけど、十一階層からはがらりと変わるぞ」

「「ほんとう？」」

ディルさんがにやにやとしながら下層の情報を教えてくれる。

「十一階層からですか～。なら、十階層まではこのまま坑道ですか？」

「ああ、そういうことだな」

「「よし、いそごう！」」

「「ん？」」

十一階層以降の情報を聞くなり、子供達のやる気が漲っていた。

そんな子供達を見て、僕とディルさんは思わず顔を見合わせてしまう。

「アレン、エレナ、もう一度言うけど、走らないよ？」

「「えぇ～」」

一応……と思って注意してみたが、やはり走る気でいたようだ。

「ディルさん、ジュールにのってもらう？」

「それとも、フィート？」

「「あ、ベクトルにする？」」

「……」

ディルさんには無理をさせない。ジュール達に乗せて走らせないようにしたらいいと言っているようだ。

「タクミ、何に乗るって？」

「あ～……僕の契約獣のことですね」

「タクミは契約獣までいるのかよ。それも人を乗せて走れる大型のが！　しかも、複数？　それは凄いな！」

「まあ、運が良くて」

自力で契約したわけじゃないので、褒められても微妙な気持ちになるんだよな～。

「だけど、ジュール達を呼ぶのはもう少し下の階層に行くまではやめておこう」

「「ええ～」」

タチの悪い冒険者の絡み対策としてディルさんが来ているのに、ジュール達を呼んで絡まれるネタを増やすのは良くないだろう。ジュール達を呼ぶのは、せめて冒険者達がよく採掘に訪れるという四、五階層を抜けてからだな。

「では、我が担いで走っても良いぞ？」

「「それはもっと駄目だろう！」」

ジュール達を却下すると、次にカイザーが案を出してくる。

しかし、それがとんでもない案だったので、僕とディルさんが即答で却下した。

「アレンがかつぐ？」

「エレナががんばる？」

「いやいやいや！　何を言っているんだ!?」

カイザーが却下されると、何故か子供達も名乗りを上げた。

子供達はにやにやとしていたので、ディルさんが狼狽《うろた》えている様子を楽しんでいるようだ。

「アレン、エレナ、ディルさんを揶揄うのはよしなさい！」

「「は～い」」

「揶揄っていただけかよ！」

「「ごめんねぇ～」」

ディルさんはがっくりと項垂《うなだ》れていた。

「アレンとエレナは最近、悪戯《いたずら》するようになったな～。でも、人が嫌がることは駄目だよ」

「「いやがっていなかったら？」」

「……え？　まあ、嫌がっていなかったら……いいのか？　いや、良くないな。悪戯されて喜ぶ人は危ない人だから、近づいちゃ駄目だよ」

「「は～い」」

悪戯することをやめるように注意していたが、最終的には違うことに対しての注意になってしまったような気がするが……まあ、いいか。

「ディルさん、すみません」

「まあ、いいけどよ。で、どうするんだ？　普通に先に進んでいいのか？」

「あ、そういう話でしたよね」

「忘れていたのかよ」

「ははは～」

そうだった。子供達が迷宮マラソンをするのを阻止しているんだったな。

「とりあえず、六階層まで普通に移動するよ。採掘するんだろう？」

「「あ、そうだった！」」

十一階層まで一気に行く気でいたようだが、六階層で採掘することを思い出したようだ。

というわけで、僕達は今まで通りの移動を再開させることにした。

「ん？　何で子供？」

「何を言っているん……本当だ!?」

順調に先に進み、四階層を歩いていると、冒険者と遭遇することが多くなった。やはり四階層で採掘している者が多いんだな～。

「えぇ、子供!?」

「はぁ!?」

そして、人と遭遇するたびに相手には驚かれた。だがまあ、今のところは絡まれることはなかった。

「「……むぅ～」」

「アレンとエレナは何でそんなにむくれているんだ？」

「「だって～……からまれない～～～」」

「いやいやいや、何を言っているんだよ。絡まれないほうがいいだろう？」

子供達は絡まれることを期待していたようだが、一向にその気配がなくてがっかりした様子を見せた。

「からまれたら、たおしていいんでしょう？」

「きぜつさせなければいいって？」

「うん、そう言ったね！　言ったけど、そんなに積極的にやる気満々じゃなくていいかな!?　平和に行こうよ～～～」

「「えぇ～」」

……何でアレンとエレナはこんなに好戦的なのかな～？　実は、水神の子供じゃなくて戦神の子供だったりするんだろうか？

というか、これって我儘期だったり反抗期だったりするんだろうか？　悩むところである。

「そのやる気は魔物相手にして。それならいいから。それに、問題を起こしたら、この迷宮への立ち入り禁止だってあり得るんだからね」

「「そうなの？」」

「そうだよ。アレンとエレナは〝いいよ〟って許可を貰って中に入っているんだから、〝もう駄目だ〟って言われたらもう来られないよ」

「「そうなのか～。じゃあ、たおさない」」

「うんうん、そうして」

何とか説得に応じてくれたので、僕達は人が多めの四、五階層は早く攻略すべく早足で進んだ。

しかし、残念なことにもう少しで六階層へ行く階段だ！　というところで、ガラの悪そうな男達と遭遇してしまったのだ。

「あぁん？　何でこんなところに子供がいるんだよ！」

「タクミ、どうすれば良いのだ？　軽く悶絶《もんぜつ》させれば良いのか？」

「はぁ!?　何だと!!」

「……」

しかも、カイザーが相手にも聞こえる声で、僕にどう対応するか確認してきたのだ。

何か行動する前に聞いたり相談するように言った手前、カイザーを責めることはできないが、せめて【念話】で確認してきて欲しかったと切実に思った。

「ちょっと待った！　バーデンさん、ちょっと待って！」

「お？　ディルか？」

「あれ？　ディルさんの知り合い？」

……ガラの悪そうな男の一人――バーデンさんは、ディルさんの知り合いだったらしい。

「バーデンさん、この子達はちゃんと許可を取って迷宮に入っている子達です！」

「あぁん？　そうなのか？　その歳で許可が出るとは、すげぇーな」

ガラが悪そう……ではなく、ただただ人相が悪い人だったようだ。

あ、そういえば、アレンとエレナは何も反応していなかったな～。

「連れが失礼なことを言ってすみませんでした」

「すまなかった」

最初の対応が悪かったことをまず僕が謝罪すると、カイザーも心底すまなそうな顔をしながら謝罪した。

「気にするな。俺の声のかけ方も紛らわしかったしよ」

「バーデンさんは、人相も態度も言葉遣いも悪いですからね～」

「そうですね。だから、言葉遣いくらいは直しましょうって言っているじゃないですか～」

「うるせぇーよ！　俺が丁寧な言葉を使ったって、気持ち悪く感じるだけだってーの！」

バーデンさんの後ろにいたパーティメンバーがバーデンさんをからかい、それをバーデンさんが軽くあしらっていた。仲の良さそうなパーティだ。

「バーデンさんはあんな感じで、人当たりの良い人なんだけど、初見では絶対に誤解されるんだよ。だが、ああ見えて結構な世話好きなんだ」

「第一印象に騙《だま》されて、本当に申し訳なく思うよ」

「うむ」

「まあ、誰もが通る道だな」

ディルさんがそう言って苦笑する。

「ディルさんも？」

「見た目に騙されて、最初は近づかなかったな」

どうやら最初はバーデンさんのことをガラの悪い人だと思ったらしい。

「ディルはよ、視界に俺が入った途端、すぐにその場を離れていたんだぞ。ひでぇーよな」

「その節はすみませんでした」

バーデンさんも僕とディルさんの会話を聞いていたらしく、ディルさんに出会った頃の話を振ってくる。

「で、ディル、今日は案内役か？」

「案内役というよりは、証人役ですね。彼らは最近この街に来た有望株なんですが、見ての通りの構成なので……一部の冒険者に絡まれると心配したギルドマスターから、直々に依頼されました」

「ああ、相手から絡んできたっていう証言をする役かよ。そんな依頼を出すなんざ、ギルドマスターはそいつらに相当期待しているようだな」

バーデンさんは興味深そうに僕達を眺めてくる。

「運が良かったな。おまえさん達に絡みそうな奴らはこぞって三階層に行っているぞ」

「三階層？」

「変な壁を見つけたって、全員揃って出向いてるんだ」

……変な壁ね？　そんなのあったかな？

「何でも、崩れた壁の奥に磨かれた壁があって、その壁に何かが貼りついていたような形跡があったんだとよ。だから、隠された宝があるって、三階層の壁を探し回るって話していたぞ」

「「……」」

心当たりがあり、僕とディルさんは思わず顔を見合わせてしまった。

「……何か知っているような顔だな、おい」

「「ははは～」」

「「びみょうなものだったよ～」」

僕とディルさんが笑って誤魔化していると、子供達があっけらかんと答えた。

「知っているだけじゃなくて、見つけた張本人かよ！　ってか……微妙なものだったのか？」

「「うん、びみょう～」」

「建設資材だと思うんですけど、手のひらくらいの石のタイルですね」

子供達の言葉だけでは伝わらなそうなので、僕は詳しく説明する。

「……宝石のタイルなら良い値がつきそうだが、ただの石か。そりゃあ、確かに微妙だな」

「磨かれた石でできているんで、何かには使えそうではありますが……まあ、三階層で見つけたものですしね。もっと下の階層なら宝石のタイルもあるかもしれませんよ」

「そうだな。どの階層でも見つかる可能性は出てきたことだし、今度からは壁も気にするようにしとくか」

バーデンさん達は三階層に行った冒険者達が無駄骨を折るのを想像したのか、小さく笑っていた。

まあ、その集団は、あまり行儀の良い人達とは言えないっぽいので、反りが合わないのかもしれないな。

「ん？　タクミ、何やら団体が来たようだぞ」

「え、本当？　カイザー、ありがとう」

バーデンさん達と話し込んでいると、魔物の集団にいち早く気づいたカイザーが注意を促してくる。

「あれは……ロックスパイダーだな」

「「いってくる！」」

サッカーボール大のクモ――ロックスパイダーの大群が天井や壁をつたって現れたのだが……クモの集団って、微妙に気持ち悪い。だが、アレンとエレナはそんなことを気にしないのか嬉々として駆け出していく。

「お、おい!?」

すると、それを見たバーデンさん達が慌てた様子を見せた。

「あ、大丈夫ですよ。でも……――アレン、エレナ、固かったら困るから蹴りじゃなくて魔法にしておきな」

「「はーい」」

名前からして固そうだったので、突っ込んでいって蹴るのではなく、魔法で仕留めるように言う。

すると、子供達は急停止して魔法を乱れ撃つ。

「「たおしたよ～」」

あっさり倒し終わると、ドロップアイテムを両手に抱えて戻ってくる。

「「いとがいっぱい～」」

ロックスパイダーのドロップアイテムは糸だったようで、子供達は両手に大量の糸を抱えていた。

「へぇ～、いろんな色の糸があるんだな」

「「いやいやいや！」」

「ん？」

ドロップアイテムとして出る糸は、何となく白というイメージだったのだが、カラフルなんだな～……と思っていたら、ディルさんとバーデンさんが思いっ切り首を横に振っていた。

「えっと……普通は白い糸だったりします？」

「そうだ！　普通というか、ほとんどが白っぽい糸だ。そして、偶に色つきの糸が出る！」

「色つき糸がそんなに大量とか、おかしいからな‼」

そうか。これほどカラフルなものが出ることは滅多にないのか。

「じゃあ、運が良かったってことで！」

「そんなんで済むわけがねぇーだろうがっ‼」

ディルさんはちょっと慣れてきたのか〝またか〟とばかりにため息を吐いて終わってくれたが、バーデンさんはそういかなかった。

「また団体が来たぞ。大声を出すと勝手に寄ってくるのか？」

「「いってくる！」」

またロックスパイダーの集団が現れたようで、子供達が再び飛び出していく。

カイザーの言う通り、声や音に誘われて寄ってくるのかな？

「あ〜、何で走って行くかな〜。――こら、魔法でだよ！」

魔物を見るとどうしても蹴り技を繰り出したくなるのか、子供達はすぐに魔物に駆け寄ってしまう。

「「あ、そうだった！」」

子供達はまた急停止すると、魔法でロックスパイダーを倒していく。

そして、先ほどのように色とりどりの糸を抱えて戻ってきた。

「……白糸のほうが少ないよな〜」

「……」

「何でだよ！」

ディルさんはもはや無言だったが、バーデンさんは盛大に叫ぶ。だが、そんなことは知らない。理由があるなら僕のほうが知りたいくらいだ。ただただ運が良いってだけな気がするけどな。

「バーデンさん、もうタクミ達はそういうものだと諦めたほうが自分のためだよ」

「ディル、何でそんなに達観しているんだよ！」

「いろいろあったんだよ！」

「……おまえさん達、昔からの知り合いだったのか？」

「数日前に知り合ったばかりだよ！　だけど、その数日でいろいろあったんだよ！　本当にいろいろとな！」

いろいろって言っても、一階層の枝関連くらいだと思うんだけど……そんなにディルさんのことを驚かせたかな？

「「またきた～」」

「叫ぶと探さずとも魔物が寄ってきてくれて楽だな」

「「いっぱいたおせるね」」

「子らよ、今度は我が倒しても良いか？」

「「いいよ～」」

バーデンさんとディルさんの叫びで集まる魔物を倒しては喜ぶ子供達とカイザーを見て、ディルさん達はがっくり項垂れていた。

「ディル、楽そうな仕事だと思って悪かった」

「……いえ」

口には出していなかったが、僕達を案内するだけの簡単な仕事だと思っていたらしいバーデンさんは、ディルさんの肩を慰めるようにとんとんと軽く叩いていた。

……ちょっとその対応は酷いと思う。

――ガラガラガラ。

「「えっ!?」」

ディルさん、バーデンさんと話し込んでいると、何かが崩れる音が響いた。

慌ててその音がしたほうを見ると、崩れた壁の前に子供達とカイザーが立っていた。

「タクミ、また仕掛けのある壁を見つけたぞ～」

「「みつけた～」」

「「嘘だろう!?」」

ディルさんとバーデンさんが慌てた様子で、子供達のほうへ駆けていく。

「何があった？　同じようなタイル？」

「タイルー。でも、ちょっとちがーう？」

「いしじゃなくて、ガラスかな〜？」

「どれどれ？　へぇ〜、綺麗だな」

三階層で手に入れたものと同じ大きさのタイルだが、透明の青いタイルがいくつも壁に貼られていた。早速【鑑定】してみる。

「エレナ、正解。ガラスのタイルっぽいな」

「わ〜い」

素材を当てられて、エレナは嬉しそうに喜んでいた。

「これなら綺麗だから、何かに使えそうだね」

「いろんないろがほしいね」

「いっぱいほしいね」

三階層では興味を持てなかったタイルだが、今回のはお気に召したようだ。

「そうなるとだな、やはり片っ端から壁を殴っていくか？」

「カイザー、それは時間がかかるからやめようか。アレンとエレナが気になった壁だけでいいよ」

さすがに全部の壁を叩きながら歩くのはいただけないので、カイザーを止めることにした。

「それもそうだな。子らは見逃すことがなさそうだしな」

「『みのがさなーい』」

その代わりに子供達のやる気を出させてしまったような気がするけどな。

……まあ、道中に気になる壁を見つけることぐらいなら問題ないのかな？

「……ディル、いろいろと大変そうだが頑張れよ」

「……バーデンさん、ご一緒しませんか？」

「ほら、俺はパーティだしな。遠慮しておくよ」

「むしろ、パーティ全員で！」

「心労が酷そうだから、お断りだ！」

僕達から少し離れたところで、またディルさんがバーデンさんに慰められていた。

だが、僕達に対しての扱いがやはり酷くないか？

「カイザー、ここ～」

「あと、こっちも～」

「よし、任せろ！」

バーデンさん達と別れた僕達は、六階層にやって来た。

六階層では予定通り採掘に勤しむつもりでいたのだが、採掘というよりも壁壊しに勤しんでいた。

「またあったの？」

「……絶対におかしいだろう」

ディルさんが呆れ顔になるのもわかる。六階層には隠し壁が至るところにあったのだ。

「ここはあかいガラスだ～」

「こっちのはきいろ～」

「ここは白だったぞ～」

六階層で見つかるタイルはガラス製のものが多く、いろんな色のタイルがどんどんと回収されていった。

「この階層で採掘する人が少ないから、今まで気づかれなかった……とか？」

「少ないとは言ってもまったくいないわけじゃないし、あまり出ないと確認するまでは、かなりの人数が掘ってみているはずだぞ。なのに、これだけの壁からタイルを見つけるっておかしいだろう！」

「ははは～……」

僕も絶対におかしいと思う。

「「またあった～」」

何でこんなにもゴロゴロと見つかるのだろう？　本当に不思議だ。

「タクミ、剥がすのを手伝ってくれ！」

「はいはーい」

「「ディルさんもてつだって～」」

「おぉ～」

アレンとエレナが怪しい壁を見つけ、カイザーが壊し、僕とディルさんがひたすらタイルを剥がしていった。

「凄い量になったな～」

「本当にな！」

「「おにぃちゃん、おなかへった～」」

僕とディルさんが呆れていても、子供達は暢気だった。

「そろそろ良い時間だしな。今日の攻略は終わりにして安全そうなところで休憩しようか」

「「は～い」」

僕達は広さのある袋小路《ふくろこうじ》を見つけたので、そこで休憩することにした。

本来なら魔物に襲われると逃げ場がなくなるのでやめたほうがいいらしいが、僕達の場合は襲われても殲滅《せんめつ》できそうなので気にしないことにした。

「さて、ご飯はしっかりしたものを食べようか。何が良い？」

「「おにく～」」

「もうちょっと具体的にお願い」

「じゃあね～、オークジェネラルのおにく！」

「それでね、ごはんでどんぶり！」

「了解。オークの肉で丼なら……豚丼にでもするか～」

「おぉ～、どんな料理かわからんが、楽しみだ！」

　ショーユ、レイ酒、砂糖、すりおろしたニンニクに刻んだシロ葱も加えてタレを作って、焼いた肉に絡めるか～。

「お、おい、タクミ、オークジェネラルの肉ってかなり良い肉だぞ!?　食べるのか!?　というか、何で持っているんだよ!!」

　叫んでいるディルさんはそのままにして、僕はご飯作りを始める。

「ミソ汁の具は何がいい？」

「たまご！」

「エナそう！」

「お、良い組み合わせだね！」

　卵とほうれん草のミソ汁に冷奴《ひややっこ》があればいいかな？

「迷宮内なのに……本格的に料理をし過ぎじゃないか？」

「安全は確保されていますし、いいんじゃないですか？」

　まあ、野外で料理するなら鍋一つで済むスープや煮込みくらいだって聞くので、僕は少々手が込み過ぎているのかもしれない。でも、僕は僕のやりたいようにやっておこう。

「よし、できたよ～。はい、どうぞ」

「「おぉ～、いただきま～す」」

出来上がると、子供達とカイザーは嬉々として食べ始める。

「はい、ディルさんもどうぞ」

「え、俺もいいのか？」

「この状況でディルさんにだけ食べさせないって、僕はそこまで鬼じゃないですよ」

こういう場合、食事はそれぞれ自分達で用意するのが冒険者の基本だ。だが、相手が保存食を食べているのに自分達だけが温かい料理を食べるって嫌だよな～。

「いや、だが……オークジェネラルの肉を使っているんだろう？」

「「おいしいよ？　ディルさんもはやくたべなよ！」」

「お、おぉ……」

高級肉に分類されるオークジェネラルの肉ということで、ディルさんは食べるのを躊躇《ためら》っていたが、子供達がすすめてやっと手をつける。

「美味っ！　何だこれ！」

「口に合ったようで良かったです」

「うわぁ～、タクミは天才だな！」

ディルさんはかなり感動してくれていた。

◇　◇　◇

翌日、六階層の探索を再開させた僕達は、順調に先に進み、さくさく十階層までやって来て——

「「ボスべや、はっけ～ん」」

あっという間にボス部屋まで辿り着いた。

「ここまで来る日数が短すぎないか？」

「ははは～」

僕達は一日一階層、早ければ一日二階層を進んで来たからな。まあ、これまでの迷宮でも、行動を共にした人にはだいたい同じことを言われて驚かれているな。

「「いくよ～？」」

「はいはい、いいよ」

「え、もう行くのか？　ずいぶんあっさり行くんだな」

「まあ、休憩は取ったばかりですからね～」

僕達がボス部屋に入るのをまったく躊躇《ためら》わないので、ディルさんが心配そうにする。

「「なにがでるかな～？」」

「さて、何だろうね～。あ、そろそろ出てくるぞ」

ボス部屋の中はドーム状の広間で、入ってきた扉が閉まると中央に光が出現する。

「「えっと……ちいさい？」」

「ふむ、虫か？」

「あ、ロックアントだね。でも、何匹かいるみたい」

数匹の蟻《あり》の魔物が現れた。子供達は小さいと呟いていたが、それはボスにしては……で、実際は僕の膝丈くらいの大きさはある。

「あれはけっていい？」

「まほうのほうがいい？」

「ロックっていう名前だから、魔法にしておこうか。一応ね」

「「はーい。――《ウォーターボール》」」

言うが早いか、子供達は即座に魔法を放つ。しかし、残念ながら一発では倒せなかったようだ。

「カッター……いや、上位のブレードがいいかな？」

「「わかった～。――《ウォーターブレード》」」

今度はさくさくとロックアントが倒れていく。

「「たおした～」」

「お疲れ様～。手早く片づけたな」

「うむ、良い手際であった」

ディルさんが「あっさり終わりすぎるだろう……」と小さな声で呟いていたのを全力で聞かないふりをする。

「子らよ、魔法の使い方が上達したな」

「「ほんとう？」」

「うむ、本当だぞ」

「「わ～い」」

そういえば、《ウォーターブレード》はカイザーが子供達に教えた魔法だったな。

「あたらしいまほうをおしえて～」

「あたらしいまほうをつかいたい～」

「子らが使える魔法か？　そうさな～……」

「カイザー、魔法を教えるなら攻撃魔法じゃなくて、防御に使えるものとか、補助魔法を教えてあげて」

さすがに攻撃に偏《かたよ》り過ぎているので、ちょっとだけだけど矯正《きょうせい》しておこう。矯正しきれるとはまったく思っていないけどな！

「ふむ、攻撃以外か？　少し思い出す時間をくれ」

「……」

カイザーも攻撃魔法ばかり使っていて、それ以外の魔法はすんなり出てこないようだ。

その間にやるべきことをやっておこう。

「さて、ロックアントは全部で十四くらいだったかな？」

「「そのくら〜い」」

「じゃあ、ドロップアイテムを拾ったら、転移装置の間でご飯にしようか」

「「は〜い」」

魔法を思い出すために考え込んでいるカイザーをそのままに、僕達はドロップアイテムを拾うことにした。

「これは足かな？」

「「あしばっかりー？」」

「いや、触角《しょっかく》も混ざっているみたいだ」

とりあえず、固い棒状のものがたくさんあった。

かなり固いので、武器とかに加工できそうだ。

「「あっ！　はちみつがあったー」」

「え、蜂蜜《はちみつ》？　何で!?」

すると、何故か子供達が蜂蜜を見つけたようだ。

子供達が持ってきた瓶《びん》を受け取り【鑑定】で確認してみると、蜂蜜ではなくて蟻蜜《ありみつ》というものだとわかった。

というか、蟻蜜って何！　倒したのは蜂じゃなくて蟻だから間違っていないけどな！

「「はちみつでしょう？」」

「蟻蜜だって」

「ありみつー？　はちみつとちがう？」

「甘くて食べられるから、似たようなもの……なのかな～？」

「「たべたーい！」」

蟻にも蜜を集める種類がいるのは知っているが、蟻蜜っていう商品は見たことがないよな～。

【鑑定】では間違いなく食べられるものだということがわかっているので、食べてみるのが一番だよな。

「そうだね。食べてみようか」

「「じゃあ、ホットケーキがいい！」」

「あ、いいね」

「すぐつくって！」

「すぐたべよう！」

「了解！」

ちょうど転移装置の間に移動したらご飯にしようとしていたので、すぐに試食をしてみることにする。

というわけで、早速ホットケーキを作って、蟻蜜をかけて食べてみる。

「「おぉ～、おいしい～」」

「お、なかなかだね」

「うむ、美味いな」

結果、風味は蜂蜜とはかなり違うが、意外と美味しかった。

「蟻蜜ってそこそこの値がするんだぞ。俺まで食べていいのか？」

「ディルさん、遠慮はなしですよ」

稀少や高級とまではいかないが蟻蜜はそこそこの値がするようで、ディルさんは思いっ切り食べるのを躊躇《ためら》っていた。

「「はやくたべる！」」

「んぐっ！」

だが、子供達がディルさんのフォークを持つ手を掴むと、切り分けてあったホットケーキをしっかり刺し、口に押し込んでいた。

ディルさんは喉《のど》を詰まらせそうになっていたが、全力で見ないふりをした。

……もうオークジェネラルの肉は食べているんだし、蟻蜜くらいで躊躇《ためら》わなければいいのにね～。

「さてと、迷宮攻略はキリがいいからここまで！」

「「えぇ～」」

「……と言いたいところだけど、十一階層から趣《おもむき》が違うって話だから見たいよね？」

「「みたい！」」

「うむ」

「だから、十一階層は行こう。だけど、十一階層が終わったら、一旦街に帰って休憩な」

「「は～い」」

日数的にそろそろゆっくりと休憩を挟みたいので、いつもならここで終了するところだが、ディルさんから聞いた話を確かめるため、やはりもう一階層だけ攻略することにした。

「「カイザー、まほうはー？」」

「……うむ」

ちなみに、カイザーは子供達に新しく教える魔法をまだ思い出せていないようで、そっと子供達から視線を逸らしていた。


そして、やって来ました十一階層。

「「おぉ～！」」

「へぇ～。なるほど、こういう感じになるんだ～」

十一階層に入った途端、子供達が感嘆の声を上げる。

十一階層も坑道のような場所だったが、壁や天井が、岩は岩でも緑色の岩だったのだ。

緑色岩のようなうっすら緑色ではなく、それはもう〝緑！〟っていう感じの色だ。

「「ていや！」」

アレンとエレナが鞄からツルハシを取り出すと、おもむろに壁に突き立て始めた。

「「おぉ～、みどりだ～」」

「へぇ～、表面だけじゃなくて中まで緑なんだな」

子供達の言葉通り、壁から落ちた欠片は中まで緑だった。

「「これ、つかえる？」」

「えっと、使えますか？」

緑色の岩が何かに使えるものか僕にはさっぱりわからないので、ディルさんに聞いてみた。

「ああ？　えっと、でかいものであれば彫刻《ちょうこく》や細工物に使われるって聞いたことがあるが、確かそこまで大した値はつかないって聞いたな。だから、でかいものを見つけて運ぶほうが苦労するってよ」

「なるほど」

「「さいくつはー？」」

「採掘もそこまで良いものが出るっていうのは聞かないな～」

「「そっか～」」

アレンとエレナがあからさまにがっかりした様子を見せる。

「ああ、だがな！　この階層からは魔物がかなり出るようになるぞ！」

がっかりした子供達を見て、ディルさんが慌てたように魔物の情報を教えてくれる。

「まもの！」

「ほんとう？」

「ああ、十階層のボス部屋にいたロックアントの上位種、ソルジャーアントがうじゃうじゃと出るぞ！」

「「やった！」」

「いっぱいたおす！」

「ありみついっぱい！」

子供達の中で〝蟻がうじゃうじゃ＝蟻蜜が大量〟が成り立ったようだ。

「えぇ!?　……悪い、タクミ。子供達が張り切ってソルジャーアントに突撃しそうなことになってしまった」

「ははは～、遅かれ早かれって感じですかね」

もし事前に聞いていなくても、この階層でソルジャーアントを見つけたら、間違いなくソルジャーアント狩りになるだろう。なので、ディルさんから話を聞かなかったとしても同じだ。

「「あっ、きた！」」

「あれは……ソルジャーアント？」

「ふむ、そのようだな」

ディルさんの言う通り、複数のソルジャーアントが現れたのだが……通常は黒っぽい色なのだが、何故か緑色だった。

「初めて見ると驚くよな～」

「別の種とか、上位種とかではないんですよね？」

「ただの色違いだ。変異種とかでもないぞ」

迷宮ならではの不思議ってことだな。少しだけ『色彩の迷宮』に似ているな～。

「「《ウォーターブレード》――ドロップアイテムとってくる～」」

子供達はソルジャーアントをあっさり倒すと、ドロップアイテムを拾いに駆けていく。

「「ひろってきた～」」

「おにぃちゃん」

「みてみて～」

「「ちょっとへんなの～」」

「変？　変って……えっ、緑色!?」

子供達が渡してきたものは、蟻蜜だったのだが……何故か緑色だった。

鑑定してみたが、味や成分などは十階層で手に入れた蟻蜜とまったくもって変わりはないようだ。

ということは……この階層のものは何でも緑色をしているんだろうか？

「仮にホットケーキにこれをかけて食べるとして……見た目が最悪だな～」

野菜ソースをかけていると思えば食べられるとは思うが……それで食べて甘いのか～。絶対に微妙な気持ちになりそうだ。

「よし、この階層で蟻蜜集めはやめよう！」

「「えぇ～」」

「いや、だって、真緑だよ？　ホットケーキにかけたい？」

「「ん～？　まぜる？」」

「混ぜる？　あ、そうか、混ぜて使うなら問題ないのか！」

エナ草――ほうれん草を混ぜ込んだホットケーキやパウンドケーキとかだったら、問題なく使えそうだな！　他にもチョコレートとか混ぜて最終的に茶色とか黒っぽい色になるものにも使えるな！

「「あつめていい？」」

「そうだね。大丈夫だ」

「「わ～い」」

「よし、我も参戦しよう！　子らよ、頑張るぞ！」

「「おー！」」

蟻蜜集めはやめようと思ったが、続行することにした。

「……売るっていう選択肢はないんだな」

僕達の話を聞いていたディルさんは、微妙に呆れていた。

「依頼でなら多少は受けますけど、普通に買い取りに出すってことはあまりしませんね。子供達が嫌がるので」

「『いや～』」

案の定、子供達も首を横に振っている。

食べ物を売るのは、本当に嫌がるよな～。まあ、持っていても腐る心配はないのもあるかな。そうじゃなかったら、さすがに子供達が嫌がっても消費できる分以外は売っていたことだろう。

本当に《無限収納《インベントリ》》って便利で助かるよな～。

「ディルさんは、手に入れたものは全部売却する人ですか？」

「そうだな。俺は料理ができないから、食材だったら即売却で、それ以外のものでも拠点があるわけじゃないから取っておくことはないな。あ、でも、冒険者活動に役立ちそうな武具や魔道具は売らないぞ」

「ははは～、それは大事ですから、売っちゃ駄目ですよ」

「だいじ、だいじ～」

「うっちゃだめ～」

「『ありみつもだめだよ～』」

「……いや、蟻蜜は即売却だ」

「「えぇ～、だめだよ～」」

子供達はそこそこ蟻蜜を気に入っているようなので、僕達は依頼でも蟻蜜を手放すことはないだろう。でも、それをディルさんにまで強要しなくてもいいと思う。

だが、子供達は美味しいものは共有したいタイプなんだよな～。

「……アレンとエレナがいっぱい手に入れて、ディルさんに食べさせてあげればいいだろう」

「「おぉ、そうだね！」」

「おい、タクミ？」

とりあえず、妥協案を提示しておいた。蟻蜜集めをさらに張り切りそうだが、仕方がないな。

「今度、緑色の蟻蜜を練り込んだ甘味を用意するので、ディルさんにも届けますね」

「おい⁉　何で、そういう話になるんだ？」

迷宮内ではさすがに本格的なお菓子作りはできないので、迷宮を出たら忘れる前にすぐに作ることにしよう。

「「たのしみ～」」

「うむ、楽しみだ。――子らよ、タクミに美味しいものをたくさん作ってもらえるように、たくさんの蟻蜜を集めるぞ」

「「うん！」」

……何故かカイザーも張り切る結果になってしまった。

「「あっ！」」

「おっ、早速来たな！」

タイミング良くソルジャーアントが現れると、三人は魔法を乱れ撃つ。そして、嬉々としてドロップアイテムを拾いに行く……を繰り返し、最終的にディルさんが顔を引きつらせるくらいの蟻蜜を集めてから十一階層を攻略し、迷宮を出た。

◇◇◇

街に戻った僕達は、まずは真っ直ぐ迷宮管理本部へ向かっている。

「無事に街に入れたな～」

ディルさんは先に一人で街に戻ったため、カイザーは人目がないところでヘビ化して僕の首に巻きついて街に入った。

そして再び、人気《ひとけ》のない路地で人化してもらった。

「ディルさんが一緒だったら、またカイザーに用事を思い出してもらってあとで合流って……ことになったんだよな～」

やっぱりカイザーの身分証は必要だよな～。

「我は一向に構わんが……そういえば、ディルはどうして急いでおったのだ？」

「先に行って関係者を集めておくってさ」

何故かディルさんは先触《さきぶ》れがごとく、先に冒険者ギルドに寄ってから迷宮管理本部に向かうと言って走っていった。

きっと、僕達が到着した頃には、ギルドマスターのクリスさんと本部長のイーサン殿が揃って待ち構えているんだろうな～。

「ああ、そういえば、一階層の枝を欲しがっているんだったな。今回のも売るのか？」

「本部とギルドは欲しがると思うな～。とはいっても、僕はそれほど採っていないから、カイザーが売るかどうかになるな。前回と同じで、三本ずつくらい」

「うむ、そのくらいなら問題ないぞ。これでまたタクミにたくさん食材を買ってもらえるな！」

「……」

前回の一本分のお金でも大量の食材を買えるのだが……カイザーはどれだけ買えば満足できるんだろうか？

そうこうしているうちに僕達は本部に辿り着いた。

建物の中に入ると案内係が待ち構えており、すぐさま本部長室へと案内された。

「待っていたわよ！」

そして、部屋に入った途端、クリスさんの声が響いた。今日は女性スタイルだ。

「ははは～、お出迎えありがとうございます？」

本部長室にいたのは、クリスさん、イーサン殿、副本部長さんとディルさんだった。

そういえば、副本部長さんの名前って……聞いたかな？　今から聞くのも微妙だし……まあ、彼に声を掛ける時は〝副本部長〟って呼べば問題ないかな？

「「クリスちゃん、ただいま～」」

「ああ、そうよね。そっちが先よね。おかえりなさい。怪我はしていない？」

「「してないよ～」」

「それは良かったわ」

すぐさま本題に入ろうとしたクリスさんだが、子供達に声を掛けられるとはっとした様子で無事を確かめていた。

「でも、帰ってきたばかりなのに、すぐに来てもらってしまってごめんなさいね」

「「だいじょうぶだよ」」

「そう？　それなら早速、本題に入ってさくさく終わらせてしまいましょうか。今度はサファイアの枝を手に入れたんですって？」

「「うん！　みたい？」」

「ええ、見たいわ」

そして、何故か、話はクリスさんと子供達で進められていく。

僕がまだ声を出していないイーサン殿のほうを見ると、苦笑いが返された。怒っている様子はないので、このまま話を進めることにする。

「「じゃじゃーん♪」」

「「「おぉ～」」」

アレンとエレナが効果音をつけながら、自分達の鞄からサファイアの枝を取り出す。

すると、クリスさん、イーサン殿、副本部長さんから感嘆の声が上がる。

「凄いわ！　本物よ！」

「「……素晴らしい！」」

クリスさん達はうっとりと、枝を眺めている。

「ちなみに、今回はディルさんも欠片を自力で入手していますからね！」

「えっ⁉　ディル、それは本当なの⁉」

「ディル殿、タクミ殿が言っていることは、本当ですか⁉」

とりあえず、ディルさんも欠片を手に入れていることは暴露《ばくろ》しておくと、クリスさんとイーサン殿が詰めよる。

「タクミ！　何で、今言うんだよ！　タクミの件が終わって落ち着いてから報告しようと思っていたのに！」

「道連れ？」

「「えぇ～、できるよ～」」

「無理ですね」

「また採ってきてって言ったら、採ってこられるかしら？」

クリスさんの質問にディルさんが答えていると、子供達がちょいちょい合いの手を入れていた。

「みつけてきた～」

「勢いよく飛んで行ったのを、子供達が見つけてきてくれました」

「ぽーんって、とんだね～」

「細い枝先を狙ってハンマーでガンガン打ちつけたら、枝先が飛びましたね」

クリスさんはディルさんが取り出した欠片をまじまじ観察して本物だと判断すると、そう尋ねる。

「…………本物のようね。どうやって採ったの？」

ディルさんは諦めたのか、クリスさんに自分が採った欠片を見せる。

「……はぁ、これです」

「ディル、どのくらいの大きさのものが採れたの？」

ディルさん自身も報告する気はあったようだが、落ち着いてからっていうのが狡《ずる》い！　ここは遠慮なく巻き込んでおこう。

「ははは～」

「おい！」

「いや、無理だって。ハンマーで叩くところはカイザーに選んでもらったし、折れた欠片がどこに飛んで行ったのかは俺にはわからなかったんだぞ」

「『なれれば、だいじょうぶ！』」

ディルさんのことなのに、何故かアレンとエレナが自信満々だった。

「とりあえず、誰かを一緒に連れて行き、飛んでいく方向とだいたいの距離を見てもらって探せばいいのではないですか？」

「そうね。一度、それで検証してみましょう。――ディル、近いうちに依頼としてお願いするから、よろしくね」

イーサン殿が解決策を考えると、それにクリスさんが同意し、さらににっこり笑ってディルさんに顔を向けた。

「……やっぱり俺がやるんですか？」

「当たり前でしょう」

今後のディルさんの予定はびっちり埋まりそうな気配がする。頑張れ、ディルさん！

「……おい、こら、タクミ。何、にやにやしているんだよ！」

心の中でディルさんのことを応援していたら、顔が少々緩《ゆる》んでいたようだ。それをディルさんに見咎《みとが》められ、軽く睨まれた。

「ははは～。ディルさん、稼《かせ》げる機会ですよ！　たっぷり稼いでください」

「俺は騒がれるのが苦手なんだよ」

「あ、それは僕もです」

「その割には行動が派手だよな！」

「………それは僕のせいじゃないと言い張りたいですね」

僕自身が控えめにしていても、子供達の行動を抑えていないのなら意味はないってことはわかっているんだけどね。子供達には自由にさせたいし……難しい問題だよ。

「ディル殿と同行する者は、こちらでも用意して構いませんか？」

「もちろん、構わないわ。この件は冒険者ギルドと迷宮管理本部が合同でやる案件ですもの。だけど、ディルは今、タクミさんに同行してもらっているのよね～。最低でも採掘が盛んな階層を超えるまでは検証も無理よね～」

「ああ、そういえばそうでしたね。そこさえ超えれば、あとは転移装置を使ってもらえばいいのですが……」

僕とディルさんがやり合っている間、クリスさんとイーサン殿はいつ一階層の枝を採りに行くかを検討していた。そこで、ディルさんは指名依頼で僕達と同行している件が問題になっていた。

「……採掘が盛んな階層って、四、五階層ですか？」

「そうね。だから、私としては最低でも六階層、念を入れて七階層の終わりまでは、ディルと行動して欲しいと思っているわ」

「「……」」

クリスさんの考えを聞いて、僕とディルさんは思わず顔を見合わせてしまった。

「「おわったよ～」」

「「え？」」

「「つぎは、じゅうにかいそう！」」

「「えっ⁉」」

子供達があっさり攻略した階層を暴露すると、クリスさん達は言っている意味がわからない……と言いたげな顔をした。

「「だから！　つぎは、じゅうにかいそう！」」

「待って、待って、待って！　え？　十一階層まで攻略が終わったの？」

「「そう！」」

「本当に？」

「ほんとうだよ！」

「うそはいわないよ！」

言っていることが信じてもらえなくて、アレンとエレナはちょっと怒り気味だ。

「タクミ殿、子供達が言っていることは本当ですか？」

子供達とクリスさんが言い合っている脇から、イーサン殿が僕に小声で尋ねてくる。

「ええ、まあ……本当ですね」

「低層とはいえ……数日で十一階層ですか。凄いですね」

「うちの子達は勘が働くので、最短の道を選んで進みますからね」

「勘ですか？　それだけでは無理な気もしますが……」

「ははは～」

まあ、それだけではないとは思うけどね。とりあえず、笑って誤魔化しておこう。

「タクミ殿達は、そのほうがいいですよ。細かいことは突き詰めると、精神や胃が攻撃されます」

「本部長、もともと規格外っぽかったですしね。気にしないでおきます」

「……ディルさん？」

「本当のことだろう？」

「今回、僕達と一緒に迷宮に行って、ディルさんは精神や胃がやられましたか？」

僕達と一緒に行動することは、そこまで苦痛だったということだろうか？

「精神や胃をやられる前に気にすることを放棄したから、やられてはいない。だが、気疲れはしたな」

「……」

結構、いろいろと突っ込まれていたと思ったけど、それでも放棄していたんだ。

「それはお疲れ様でした。じゃあ、苦労を労《ねぎら》って、豪華な焼肉でもご馳走しますよ。良い肉はありますしね」

「うわっ、絶対に遠慮する。良い肉って言っている時点で、恐ろしい肉が出てきそうだしな」

普通なら食いついてくるところだが、ディルさんは何故か警戒を露《あら》わにした。

「「やきにくパーティ？」」

「おぉ、それはいいな！」

そして、ディルさんじゃなくて、子供達とカイザーが食いついた。

「「なんのおにくをたべる～？」」

「アレン、アーマーバッファローがいい～」

「エレナは、イビルバイパーがいいな～」

「ここはやはりドラゴンではないか？」

「「「………………」」」

「……断って正解だったな」

子供達が次々と食べたいものを挙げていくと、クリスさん達は呆然とし、ディルさんは〝やっぱりな〟と言わんばかりの顔をしていた。

というか、カイザー！　表沙汰《おもてざた》にしてはいけない種類を言ったら駄目だよ！

「……冗談よね」

「ありえないものも混ざっていましたからそうでないかと……」

さすがに内容が内容だけに、クリスさんとイーサン殿は冗談だと取ったようだ。

「……俺は半分冗談、半分本気のような気がします。タクミ達ならアーマーバッファローとイビルバイパーなら倒していそうだ」

「「……」」

ディルさんがぼそりと零した言葉に、クリスさんとイーサン殿がばっと僕達のほうを見てくる。

「「うん、たおした～」」

「……アレン、エレナ」

そして、アレンとエレナは正直に答える。

「……そうだったわ。本来ならイーサン殿達はともかく、ディルがいるこの場で口にしてはいけないけど、子供達がもう答えたからいいわよね！　ええ、いいわね！　確かにタクミさん達がこなした過去の依頼内容にあったわよ！　もう！」

クリスさんは僕達がこなした過去の依頼も調べていたようだ。役付きで情報を共有したりするイーサン殿や副本部長は問題ないが、ディルさんに僕の情報を勝手に漏らすのは情報漏洩《じょうほうろうえい》になる。

そのため黙ってくれていたのだろう。

だが、あっけらかんと子供達が既に話してしまっているので、クリスさんも答え合わせのように情報を出してくる。

「……タクミ、倒しているような気がするとは言ったが、本当に倒しているとは思っていなかったぞ」

「ははは～」

ディルさんが呆れたような表情をしている。

「「ディルさん、りょうほうおいしいよ？」」

「は？」

「「いっしょにたべよう？」」

「………無理」

「「えぇ～」」

ここで子供達は、再びディルさんを焼肉に誘う。だが、ディルさんは子供達から視線を逸らし、断っていた。

「「なんで！」」

「そんな高級肉を平然と食べられるわけがないだろう！」

「じぶんでたおしたからタダだもん！」

「こうきゅうじゃないから、だいじょうぶ！」

「……」

そうだね。手に入れるのにお金は掛かっていないから、高級とかは関係ないよね。

「あら、ディル、凄いわね～。Aランクの魔物のお肉を食べられるなんて。羨ましいわ～」

「『クリスちゃんもたべる？』」

「え？」

クリスさんはディルさんを揶揄《からか》うような感じで言ったのだと思うが、アレンとエレナには通じない。これ幸い、とクリスさんもしっかりと焼肉に誘う。

「『イーサンさんも～』」

「ちょっ！　〝さん〟づけはやめてください」

そして、イーサン殿にも声を掛けた子供達だが、こちらは半分揶揄《からか》いモードだった。

「アレン、エレナ、相手が嫌がっていることをやってはいけないよ」

「『ごめんなさーい。じゃあ、イーさん？』」

「呼び捨ても駄目だよ」

「よびすてじゃないもん！」

「さん、だもん！」

「『でも、それなら……イーちゃん！』」

「ちゃん!?」

呼び捨てかと思ったが、本当は〝イー〟さんだったということか！　だが、注意されたからか、何故か、最終的には〝イーちゃん〟になっていた。

それはそれは……にっこにこしているので、これは訂正しても違う呼び方にすることはないな。

というか、話が脱線しまくって、枝の売却の話が全然進んでいないな～。

「ふふふ、イーサン殿、可愛らしい呼び名ね」

「まあ、いいですけど」

「いいんですか!?」

揶揄《からか》うようなクリスさんに対して、イーサン殿は意外とあっけらかんとしていた。

僕はイーサン殿の対応に驚いた。

「本当にいいんですか？」

「子供達が言う分には気にしませんよ」

本当に嫌だとは思っていない様子で、イーサン殿の懐《ふところ》の深さに尊敬の念を覚えた。

「イーちゃん、ありがとう～」

「んで、いっしょにやきにくしよう？」

アレンとエレナはイーサン殿にお礼を言いつつ、焼肉に誘うことは忘れない。

「えっとですね、交流を兼ねて一緒に食事すること自体は問題ありませんが、さすがに高級品を食べさせてもらう……というのは問題になりかねません」

「こうきゅうじゃないよ？」

「タダだよ？」

「アレンくんとエレナさんにとってはそうでも、私や一般的に見ると高級になります」

「『えぇ～』」

お金が掛かっていなくても高級は高級だとイーサン殿に言われ、アレンとエレナは頬を膨らませる。

「『こうきゅうじゃなければいい？』」

「ええ、それなら喜んでご一緒させていただきます」

「『やった！　じゃあ、いこう！』」

「待って、待って！　アレン、エレナ、肝心の枝の話が終わってないからね！」

「『……』」

今すぐ行こうとばかりに立ち上がった子供達を止めると、ひと言も話さずにすとんと大人しく座った。だが、ひと言も喋《しゃべ》らないからか、大人達は枝についての話をさくさくと終わらせた。

……無言の圧力ってやつかな？

そして話し合いが終わるなり、子供達はすぐに口を開く。

「『どこでたべる？』」

「手持ちの肉を持ち込んでも問題ないお店ってあります？」

「それなら私の知り合いの店に行きましょう。そこなら融通《ゆうずう》は利くわよ」

「お願いします」

というわけで、僕達はクリスさん、イーサン殿、ディルさんを連れてお店に向かった。

ちなみに、副本部長だけは遠慮して本部に残った。ディルさんも遠慮したがっていたが、それは子供達が許さなかったので、渋々同行している。

「「おにぃちゃん、おにく！」」

「はいはい。——じゃあ、厨房《ちゅうぼう》をお借りしますね」

クリスさんの知り合いの店は快く食材の持ち込みを許可してくれた。なので、クリスさん達にはちょうど空いていた個室に先に行ってもらい、僕達は厨房に向かった。

カイザーはクリスさん達と先に席に行ってもらったが……目を離した隙《すき》に失言とかしないよな？　……しないと信じよう。

「アレン、エレナ、お肉は何にするんだ？」

「イビルバイパー」

「アーマーバッファロー」

「いや、それは駄目だって言われただろう？」

「「まちがえてつかっちゃった！」」

「……」

食べさせるつもりはなかったが、間違って……という体《てい》で食べさせるつもりらしい。

「オークジェネラルもいこう！」

「あとね、ジャイアントボア！」

「「まぜちゃう？」」

「……混ぜるのはやめておこう」

しかも、いろいろな肉を混ぜて出すつもりでいたようだ。

味が移ったりしたら嫌なので、さすがに止めたけどな。

「あ、あの……」

「あ、突然お邪魔してすみません。よろしくお願いします」

「ええ、食材の持ち込みは偶にあることなので問題ないのですが……今、お子様達が言った種類は冗談ですよね？」

店の人は次々と挙げられた肉の種類に驚いているようだった。

「「じょうだんじゃないよ？」」

「えっ？」

「ははは～……気にしないでください」

お店の人が唖然としているうちに、僕はお肉を用意していく。

僕が持っているホットプレートを使わせてもらって食卓で焼くつもりでいるので、一口サイズに切った肉を用意していく。これなら少し作業する時に場所を借りるだけで、店の手間にはならないからな。

「このくらいで足りるかな？」

「『だいじょうぶ！　たりなかったら、もういっかいようういする！』」

肉の種類は、子供達が挙げた四種類に、ブラックバイソン、ウォーターホース、フレイムサウルス、クイックバードを加えて八種類用意してみた。

「『おまたせ～』」

「お疲れ様。飲み物とサラダなんかは、適当に頼んでおいたわよ」

「『ありがとう～』」

僕達が個室に行くと、すぐにでも乾杯《かんぱい》できる用意がされていた。

「『おにくだよ～』」

「あらまあ……肉質や脂身なんかがまったく違うわね」

「本当ですね。これ、皿ごとに種類が違うってことですか？」

「タクミ、何肉なんだ？」

クリスさん達は、不思議そうに僕が並べた皿を見比べていた。

まあ、牛肉っぽいものは赤みが強いし、豚肉っぽいものはピンク、鶏肉とヘビ肉は白っぽいので、見た目が全然違う。

こう切り身で並べられては、どれが何の肉かなんて【鑑定】でも使わないとわからないだろう。

「えっと、好きな肉を取って自分で焼くって感じでお願いします。あ、味つけもお好みで、塩やタレがいろいろありますからね」

ホットプレートにお手軽塩やタレも並べ、準備完了だ！

「肉の種類に関しては、子供達が教えちゃ駄目ってことなので……」

「ひみつ～」

「おしえな～い」

「まあ、深く考えずに食べてください」

「「……」」

クリスさん、イーサン殿、ディルさんが、〝高級肉に分類されているものが入っているな〟と疑うような眼差しを向けてくる。

「知らなければただの肉です」

「……知らなければねぇ～。まあ、せっかくだし、こんな機会はそうそうにないでしょうから、私は楽しむことにするわ」

「それもそうですね。私もこの状態の肉を見て、何の肉かはさっぱりわかりません」

「……はぁ。舌が肥えちまったらどうしてくれんだよ」

クリスさんとイーサン殿は割り切ったようだが、ディルさんだけは違う心配をしていた。

「一階層の枝の欠片で稼ぐようになったら、全然買えますよ！」

「おい⁉」

「「がんばれ！」」

「おおい!?」

贅沢を覚えても、これからも枝の欠片が手に入るなら大丈夫！　欠片でもなかなかの金額になるからね～。

「それにしても、斬新《ざんしん》な食べ方ね。食卓の上で自分達で焼くなんて」

「そうですね。ですが、これはこれで楽しいです」

「……二人とも馴染《なじ》むのが早くないですか？」

早速、とばかりにクリスさんとイーサン殿が肉を焼く姿を見て、ディルさんが項垂れていた。

「余計な混乱を避けるために、状況をありのまま受け入れることも大事よ」

「犯罪行為なら矯正や制裁などが必要ですが、これはまあ……お茶目な悪戯《いたずら》の部類ですからね」

さすが、組織のトップの二人は度胸が据わっている。

切り替えが早いとも言うのかな？

「焼けたかしら？」

「だいじょうぶだとおもう～」

「それで、これに自分で味をつけるのよね？　どれがおすすめかしら？」

「ぜんぶ！」

「……あらま」

「タクミが用意した塩もタレも全部美味いぞ。なので、ひと通り試してみるのが良い。それで自分の好みの味を探すのだ。ただ、最初はコショウ塩がおすすめだな。まずは肉を楽しむべきだ！」

……なんか、カイザーがもう焼肉通っぽくなっていた。

「コショウ塩ね」

「黒い蓋《ふた》の瓶だな」

カイザーはお手軽塩の中身までしっかりと把握している様子だ。

「っ！　美味しいわ！　これ、まさか本当にアーマーバッファロー？」

「こっちはオークの上位種ですよ！」

焼肉パーティは終始絶賛で終わったのだが、宿に帰ってから僕は迷宮管理本部で即席スープを買うのを忘れたことを思い出したのだった。

いずれ最強の錬金術師？
SOMEDAY WILL I BE THE GREATEST ALCHEMIST?
1~16
小狐丸
KOGITSUNEMARU
シリーズ累計(電子含む)100万部突破！
2025年1月ついに
TVアニメ化!!
コミックス
1～7巻
好評発売中！
1～16巻
好評発売中！
勇者召喚に巻き込まれ、異世界に転生した僕、タクミ。不憫な僕を哀れんで、女神様が特別なスキルをくれることになったので、地味な生産系スキルをお願いした。そして与えられたのは、錬金術という珍しいスキル。まだよくわからないけど、このスキル、すごい可能性を秘めていそう……!? 最強錬金術師を目指す僕の旅が、いま始まる！
地味～な生産職志望の僕に付与されたのは、
聖剣から空飛ぶ船まで、何でも造れる
最強スキル
錬金術!!
第10回アルファポリスファンタジー小説大賞読者賞受賞作
アルファポリス人気ランキング圧倒的第1位
……僕、のんびり暮らしたいだけなんだけど
聖剣から万能薬までなんでも造れる最強の生産スキル
錬金術発動
大人気ファンタジー、待望のコミカライズ第1巻！
シリーズ累計10万部突破！
原作 小狐丸
漫画 ささかまたろう
◉16巻 定価:1430円(10%税込)
1~15巻 各定価:1320円(10%税込)
◉Illustration:人米
◉7巻 定価:770円(10%税込)
1~6巻 各定価:748円(10%税込)
◉漫画:ささかまたろう B6判

この作品に対する皆様のご意見・ご感想をお待ちしております。

おハガキ・お手紙は以下の宛先にお送りください。

【宛先】

〒150-6019 東京都渋谷区恵比寿 4-20-3 恵比寿ガーデンプレイスタワー 19F
（株）アルファポリス　書籍感想係

メールフォームでのご意見・ご感想は右のＱＲコードから、
あるいは以下のワードで検索をかけてください。

アルファポリス　書籍の感想　検索

ご感想はこちらから

本書は Web サイト「アルファポリス」（https://www.alphapolis.co.jp/）に投稿されたものを、改稿、加筆のうえ、書籍化したものです。

異世界《いせかい》ゆるり紀行《きこう》 ～子育《こそだ》てしながら冒険者《ぼうけんしゃ》します～ 16

水無月静琉（みなづきしずる）

2024年 6月 30日初版発行

編集－村上達哉・芦田尚
編集長－太田鉄平
発行者－梶本雄介
発行所－株式会社アルファポリス
〒150-6019 東京都渋谷区恵比寿4-20-3 恵比寿ガーデンプレイスタワー19F
TEL 03-6277-1601（営業）　03-6277-1602（編集）
URL https://www.alphapolis.co.jp/
発売元－株式会社星雲社（共同出版社・流通責任出版社）
〒112-0005 東京都文京区水道1-3-30
TEL 03-3868-3275
装丁・本文イラスト－やまかわ
装丁デザイン－AFTERGLOW
印刷－中央精版印刷株式会社

価格はカバーに表示されてあります。

落丁乱丁の場合はアルファポリスまでご連絡ください。

送料は小社負担でお取り替えします。


ISBN978-4-434-34066-6 C0093